W0409987

[redacted]

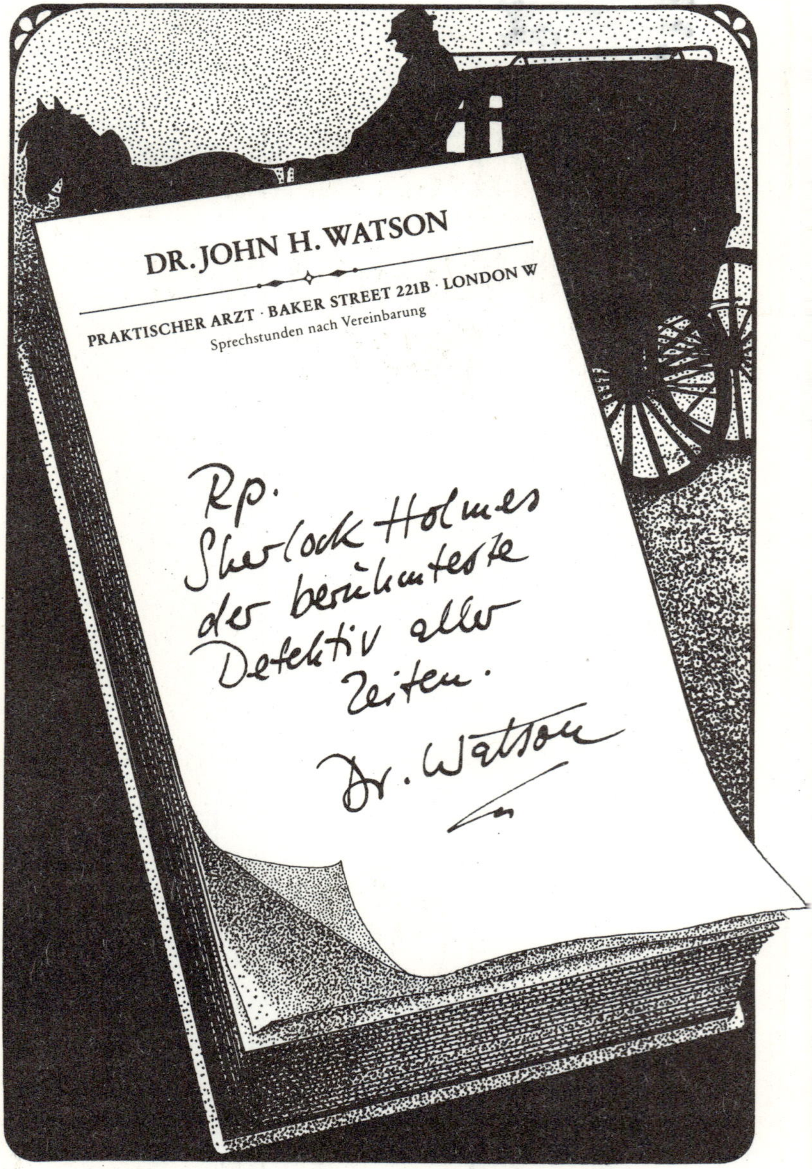
DR. JOHN H. WATSON
PRAKTISCHER ARZT · BAKER STREET 221B · LONDON W
Sprechstunden nach Vereinbarung
Rp.
Sherlock Holmes
der berühmteste
Detektiv aller
Zeiten.
Dr. Watson

Gerald Frow

Sherlock Holmes

Die vertauschte Queen

Franckh'sche Verlagshandlung
Stuttgart

Aus dem Englischen übertragen von Werner K. Weidert
Titel der Originalausgabe:
»Young Sherlock The Mystery of the Manor House«
(Granada Publishing Ltd., London / 1982, ISBN 0-583-30548-2)
© Gerald Frow

Schutzumschlag von Aiga Rasch

CIP-Kurztitelaufnahme der Deutschen Bibliothek

Frow, Gerald:
Sherlock Holmes, die vertauschte Queen / Gerald
Frow. [Aus d. Engl. übertr. von Werner K. Weidert].
– Stuttgart : Franckh, 1985.
Einheitssacht.: Young Sherlock, the mystery
of the Manor House ⟨dt.⟩
ISBN 3-440-05467-5

Franckh'sche Verlagshandlung, W. Keller & Co., Stuttgart / 1985
Alle Rechte an der deutschsprachigen Ausgabe, insbesondere das Recht der Vervielfältigung und Verbreitung, vorbehalten.
Kein Teil des Werkes darf in irgendeiner Form (durch Fotokopie, Mikrofilm oder ein anderes Verfahren) ohne schriftliche Genehmigung des Verlages reproduziert oder unter Verwendung elektronischer Systeme verarbeitet, vervielfältigt oder verbreitet werden.
Für die deutschsprachige Ausgabe:
© 1985, Franckh'sche Verlagshandlung, W. Keller & Co., Stuttgart
ISBN 3-440-05467-5 / L 9sl/Pu H ha
Printed in Czechoslovakia / Imprimé en Tchécoslovaquie
Satz: G. Müller, Heilbronn
Gesamtherstellung durch Artia, Prag

Sherlock Holmes
Die vertauschte Queen

Der junge Herr

Es war ein schöner Novembertag. Der Vormittags-Schnellzug der London & Northwestern Eisenbahngesellschaft war, aus Crewe kommend, in Preston eingefahren. Aus einem Abteil der Ersten Klasse stieg ein außergewöhnlich großer und schlanker junger Mann. Sein Umhang war nicht mehr neu, aber von guter Qualität. Sein Hut hatte die scherzhaft als Kreissäge bezeichnete Form. Ein Gepäckträger schaffte sein Gepäck, mehrere Koffer und Schachteln, zur Gepäckaufbewahrung. Roger, der alte Fuhrmann, würde sie dann dort abholen und mit ins Dorf nehmen. Der Bahnhof gehörte zu den festen Stationen auf seiner täglichen Runde. Unser junger Mann trat mit flotten Schritten, nur noch beschwert mit einer Reisetasche, die seine wichtigsten persönlichen Habseligkeiten enthielt, auf den Platz vor dem Bahnhofsgebäude. Sein Blick schweifte kurz über das Chaos aus Lastfuhrwerken, Pferdedroschken, Einspännern und Zweispännern, in der schwachen Hoffnung, daß jemand gekommen sein könnte, um ihn abzuholen. Nein, da war niemand – wie üblich. Früher, da hatte man ihn abgeholt. Doch das war schon lange her. Ja, damals vor sieben, acht Jahren, als man ihn erstmals auf diese Internatsschule geschickt hatte, wartete bei der Heimkehr immer die Kutsche auf ihn, samt Diener in Livree. Aber dann wurde die Kutsche verkauft. Zwischen dem Diener und dem alten Holmes, dem Vater des jungen Mannes, hatte es einen fürchterlichen Krach gegeben, weil sich ersterer hartnäckig weigerte, Gärtnerdienste zu tun. Daraufhin hatte der Diener seine Koffer gepackt und war verschwunden, wie es hieß, nach London, um eine Stelle bei »einer wirklich vornehmen Familie« anzutreten.

Danach war dann immer das Familienfaktotum mit der Gig, dem zweirädrigen Einspänner, gekommen, um ihn abzuholen. Doch seit fast zwei Jahren war auch er ausgeblieben, einfach so, ohne daß irgend etwas gesagt wurde. Der junge Mann erklärte sich das damit, daß man ihn nun für alt genug hielt, allein zurechtzukommen. Und sobald er den ersten Schock überwunden hatte, fand er es gar nicht so schlecht, nicht abgeholt zu werden. Ja, er genoß seine Unabhängigkeit von Mal zu Mal mehr, freute sich auf die gut zehn Kilometer Fußmarsch bis zu seinem Elternhaus hinter dem Dorf Pendargh. Da konnte er so richtig das Gefühl der Heimkehr auskosten.

Diesmal war es keine gewöhnliche Rückkunft. Nicht nur, daß er vor fast einem Jahr zuletzt hier gewesen war, ihn erwarteten diesmal auch längere Weihnachtsferien als sonst. Unter den Schülern des Internats war eine leichte Typhus-Epidemie ausgebrochen. Und nachdem die Ansteckungsgefahr vorbei war, hatte man die Schüler vorzeitig in die Ferien geschickt, um die Schule desinfizieren zu können.

Da stand er also, der junge Sherlock Holmes, Anfang November 1871, gerade siebzehn Jahre alt, und freute sich auf Weihnachten und auf sein Zuhause. Noch ahnte er nicht, was für eine besondere Heimkehr dies werden würde.

Sherlock stürzte sich in das Gewühl am Fishergate, lief dann durch die Church Street, erreichte die Ribbleton Lane, die damals über den Cricket-Platz führte, und marschierte dann ein Stück neben dem Schienenstrang zu den Steinbrüchen bei Longridge entlang, die etwa zwanzig Kilometer von seinem Heimathaus entfernt lagen. Bald hatte er das winzige Dörfchen Grimsargh erreicht. Hier wandte er sich bei der Kirche nach links in die Felder. Er erreichte den Reitpfad, der am Südrand des Pendargh Wood entlanglief, verließ ihn aber bald wieder, kletterte über einen Zauntritt und tauchte in den Wald ein.

Hier kannte er sich aus wie in seiner Westentasche, denn hier hatte er als Knabe oft genug gespielt. Weiter drinnen stand eine alte, schon lange nicht mehr benutzte Holzfällerhütte, die ihm jahrelang als Versteck gedient hatte. Jeder Pfad war ihm vertraut. Ohne das geringste Zögern nahm er den kürzesten Weg. Schon bald schimmerte durch die novemberkahlen Zweige der Bäume das Herrenhaus von Pendargh mit seinen vielen Kaminen und dem in warmem Ziegelrot leuchtenden Dach, unter dem Generationen von Landedelleuten, seine Vorfahren, gelebt hatten.

Mit dem Verlassen des Waldes betrat er Grund, der zum Gut gehörte. Hier blieb Sherlock einen Augenblick stehen und ließ den Blick über die vertraute Stätte wandern. Nichts hatte sich verändert, absolut nichts.

Da war die vor undenklichen Zeiten zersprungene Scheibe im Fenster zum Zimmer der Kinderfrau. Den Sprung hatte sie, seit sich eine Kugel aus einer Ladung Schrot, von seinem Vater auf einen Schwarm Tauben abgefeuert, dorthin verirrt hatte. Dem kleinen steinernen »Wilden« beim Eingang zum Staudengarten fehlte noch immer der Kopf. Er lag gar trübselig zu Füßen der Figur und erinnerte an einen fernen Sommertag und eine Runde Stockfechten, bei der Holmes beide fällte, seinen Gegner und die Statue. Der kleine Wilde war in Wirklichkeit ein Putto, dem ein längst vergessener Bedienter, weniger kunstsinnig als die Holmes', diesen Namen angehängt hatte. Und der war ihm geblieben.

Sherlocks Blick fiel auf eine Frau, die in einem Gartenstuhl auf dem Rasen vor dem Haus saß. Eine Sekunde lang dachte er, es sei seine Mutter. Automatisch ging er auf sie zu, winkte und rief: »Hallo! Hallo! Ich bin wieder da!« Kaum hatte ihn die Frau bemerkt, sprang sie auf und lief rasch, ohne seinen Gruß zu erwidern, in Richtung Remise davon. Wäre Holmes nicht so weit entfernt gewesen, so hätte er sehen können, daß ihre Augen vom Weinen gerötet waren. Und er hätte sicher ihr Erschrecken angesichts des näherkommenden Fremden bemerkt.

In der Remise, deren eines Tor weit offen stand, hörte man Hämmern. Als die Frau drinnen verschwand, verstummte es abrupt, und dann kam ein langer, dünner, hochnäsiger Bursche mit blondem Haar heraus. In der Hand hielt er eine kräftige Lederleine, an der ein bösartig wirkender irischer Wolfshund zerrte. Die Beine gespreizt, um nicht zu Boden gerissen zu werden, verstellte der Bursche Holmes den Weg zur Remise und fuhr ihn an: »He du, verschwinde, das hier ist Privatbesitz.«

Sherlock, noch etwa 45 Meter von dem Burschen entfernt, gab im gleichen Ton zurück: »Und wer zum Teufel bist du?«

»Das geht dich gar nichts an!« rief der Blonde. »Hau bloß ab von diesem Grundstück!«

Sherlock fing an zu kochen. Offensichtlich hatte er es mit einem neuen, übereifrigen Gutsverwalter zu tun. Schön, sein Vater würde ihm schon den Kopf zurechtsetzen, damit er wußte, wie er sich zu benehmen hatte. Gerade wollte er dem blonden Burschen das ankündigen, da sah er, daß sich dieser bückte, um den Hund loszulassen.

»Ich hab' dich gewarnt«, rief er und löste die Leine. »Pack ihn, Rajah!«

Der Hund schoß los. Sherlock machte auf dem Absatz kehrt und lief. Der Blonde aber begleitete seine Flucht über den Rasen zum Wald, den Hund auf den Fersen, mit brüllendem Gelächter.

Hinter einem Fenster im Obergeschoß des Herrenhauses bewegte sich unmerklich ein Vorhang. Er glitt ganz langsam so weit zur Seite, daß man einen Inder mit Turban erkennen konnte, der mit unbewegter Miene hinausschaute.

Sherlock aber lief und lief. Er wagte nicht, sich umzudrehen. Irgendwann spürte er, wie der Hund nach seinen Hosenbeinen schnappte. Zum Glück ertönte genau in diesem Augenblick ein schriller Pfiff vom Hause her; offensichtlich rief der Blonde den Hund zurück. Doch Sherlock ließ es nicht darauf ankommen. Er lief weiter, bis er aus dem Wald wieder auf den Weg wankte, völlig aufgelöst und außer Atem. Mit fürchterlichem Zorn im Bauch machte sich Sherlock auf den Weg zum Haupteingang des Herrenhauses. Da hörte er Pferdegetrappel. Er schaute sich um und sah eine zweirädrige Kutsche näherkommen. Auf dem Kutschbock hockte, wie die Blaumeise auf dem Mühlstein, rund, rot und bebrillt, der letzte Mensch, dem er in diesem Augenblick begegnen wollte – sein Onkel Gideon.

Onkel Gideon war Anwalt. Er hatte Büro und Wohnung in Longridge, tauchte für gewöhnlich aber zwei- oder dreimal am Tag in Pendargh auf, immer zur Essenszeit. Sherlock hatte ihn noch nie gemocht.

»Oho!« ertönte Onkels Donnerstimme, als der Wagen auf gleicher Höhe mit ihm war. »Der verlorene Sohn ist wieder da!« Ein kräftiger Ruck am Zügel brachte Pferd und Wagen zum Stillstand. »Was machst du denn hier, Junge, und wie siehst du aus?«

»Irgendein Schwachsinniger beim Haus hat seinen Hund auf mich gehetzt«, antwortete Holmes, so höflich er konnte.

»Sag bloß, du hast dort rumgeschnüffelt?« fragte der Onkel. »Damit hast du doch rechnen müssen. Sieh den Tatsachen ins Gesicht, Junge. Du hast kein Recht, dort zu sein. Nicht mehr. Das ist vorbei!«

»Kein Recht?« Was fiel Onkel Gideon eigentlich ein? Schließlich war das sein Zuhause!

»Was heißt hier ›kein Recht‹?«

»Stell dich bloß nicht dümmer als du bist, Bürschchen«, erwiderte der Onkel scharf. »Nicht das geringste Recht, das weißt du ganz genau!«

Doch Sherlocks Verwirrung war zu offensichtlich.

»Nun sag' einer bloß, du weißt wirklich nichts? Dein Vater muß dir doch geschrieben haben?«

»Das letzte Mal vor fast einem Jahr. Seitdem keine einzige Zeile mehr.«

»Mein Gott, der Junge hat tatsächlich keine Ahnung!« Onkel Gideon war ehrlich erstaunt und betroffen. »Komm, Junge, setz dich zu mir auf den Bock.« Er klopfte einladend mit der flachen Hand

neben sich auf den Sitz. Sherlock beförderte erst seine Reisetasche auf den Wagen und schwang sich dann selbst hinauf.
»Was ist eigentlich los, Onkel Gideon? Ist was passiert?«
Der Onkel schaute ihn eine ganze Weile schweigend an. Offensichtlich wußte er nicht, wie er seinem Neffen die schlechte Nachricht beibringen sollte, da ihm nun diese Aufgabe unvorbereitet zugefallen war. Sherlock schien das Schweigen eine Ewigkeit zu dauern. Warum sagt er bloß nichts, dachte er.
Schließlich holte der kleine Anwalt tief Luft und begann in der typischen ›Nun-reg-Dich-mal-nicht-auf-Manier‹: »Das Schicksal, einmal zu oft von deinem unfähigen Papa versucht, hat zu einem bösen Schlag gegen die Holmes' ausgeholt...«
Mit einem leichten Hieb seiner Peitsche setzte er das Pferd in Trab. Während der Wagen in Richtung Pendargh dahinrollte, redete Onkel Gideon mit gleichmäßiger, getragener Stimme im Trauerton weiter. Die Worte klangen in Sherlocks Ohren wie das Geläut der Totenglocke. »Schulden ... Gläubiger ... Bankrott ... ins Ausland abgesetzt ... Gericht ... alles verloren ... Haus verkauft ... neue Besitzer ... kein Recht mehr, dort zu sein ... nicht mehr ... nie mehr ... vorbei ... vorbei ... vorbei!«
Sie hatten inzwischen das Dorf erreicht, und der Onkel unterbrach sich alle naselang, um seinen Hut zu ziehen und jemand Bekanntem ein fröhliches ›Guten Tag‹ zuzuschmettern.
Sherlock starrte vor sich hin; er sah niemand, war wie betäubt. Warum hatte man ihm nichts gesagt, warum ihn nicht vorbereitet? Sein Bruder Mycroft – guter alter Mycroft, dieser große, scharfsinnige, träge Klumpen Mensch, jetzt Anfang zwanzig und in irgendeinem Ministerium in Whitehall beschäftigt –, noch nicht einmal der hatte in einem seiner seltenen Briefe ins Internat eine Andeutung fallen lassen. Wie konnten sie es fertigbringen, ihn heimkommen zu lassen, nur um das Zuhause und die Eltern verloren zu finden?
Und weiter tönte die salbungsvolle Stimme: »Gegen dich hat meine grundgütige Schwester ja nie etwas gehabt. Ich bin gerade auf dem

Weg zu ihr und werde dich mit Freuden dort abliefern. Aber bring dich ein bißchen in Ordnung, Junge. Sie hat nichts übrig für abgerissene Landstreicher.« Wieder zog er seinen Hut und rief dem nächsten Bekannten am Straßenrand sein »Guten Tag« zu.

Wenig später fand sich Sherlock bei Tante Rachel. Sie war eine angeheiratete Holmes, das heißt, ihr verstorbener Mann war ein entfernter Vetter von Sherlocks Vater gewesen. Tante Rachel und ihr Mann hatten ganz in der Nähe eine Schule für »Kinder besserer Leute« geleitet. Von daher und aufgrund gelegentlicher Kontakte mit dem Landadel fühlte sie sich als etwas Besseres.
Sie war eine große, dünne, säuerlich wirkende Frau mit scharfer Zunge. Ihr Haus war ebenso steif wie sie, ihr Bruder Gideon und ihre Tochter Charity, eine vorlaute Vierzehnjährige. Mutter und Onkel hatten sie unglaublich verzogen und stellten sie jedermann als leuchtendes Beispiel für alle Tugenden vor. Immer makellos sauber, steckte Charity stets in Kleidern mit frisch gestärkten Rüschen. Nie verließ eine der sorgfältig gelegten fuchsroten Ringellocken den ihr zugewiesenen Platz. Sherlock verabscheute Charity. Im steifen kleinen Salon des steifen kleinen Hauses sah er sich nun in einen harten, hochbeinigen Stuhl mit gerader Rückenlehne gezwängt. Um ihn gruppierte sich die ganze steife Familie, die, war sie versammelt, stets aus weit mehr als drei Personen zu bestehen schien.
Charity saß in der tiefen Fensternische und lugte hinter ihrem Stickrahmen mit einem falschen Lächeln zu ihm vor. Onkel Gideon stand kopfschüttelnd beim Kamin und bediente sich pausenlos aus der Gebäckschale. Beide lauschten mit einem Gemisch aus Respekt und Bewunderung Tante Rachels Darlegung der Regeln, die in ihrem Hause galten.
»In diesem Haus«, tönte sie, »gelten drei einfache Grundsätze...«
Sherlock gab sich den Anschein angestrengt lauschender Aufmerksamkeit, während er bei sich überlegte, woher die Sprüche kamen.

»Nämlich«, fuhr seine Tante fort, »Reinlichkeit kommt gleich nach Frömmigkeit.«
John Wesley, Predigten 93. Ursprünglich wahrscheinlich von den Israeliten geprägt.
»Am Benehmen erkennt man den Mann.«
Sprichwort des 14. Jahrhunderts; Ursprung nicht bekannt.
»Pünktlichkeit ist die Höflichkeit der Könige.«
Zugeschrieben König Ludwig XVIII. von Frankreich. – Nicht schlecht, dachte er bei sich, alle drei gewußt. Schnell bemühte er sich um ein Lächeln, denn Tante Rachel blickte ihn an und fragte:
»Glaubst du, daß du dich an diese einfachen Regeln halten kannst?«
»Aber ja, Tante Rachel, ich bin ganz sicher.« Sherlock antwortete, ohne lang zu überlegen.
»Zweierlei noch muß ich anmerken«, fuhr Tante Rachel fort. »Erstens: Ich würde es sehr begrüßen, wenn du bei Spaziergängen mit der Familie auf diesen schäbigen Umhang und den billigen Hut verzichtetest...« Familienspaziergänge? Hoffentlich nicht allzu oft!
»Und zweitens wünsche ich nicht, daß unter meinem Dach über die unselige Art und Weise des Niedergangs deiner Eltern gesprochen wird. Es ist eine große Schande für die ganze Familie.« Also das war wirklich zuviel.
»Tante Rachel, mein Vater hat ganz sicher nichts Schandbares getan.« Sherlock sagte es höflich, aber bestimmt.
Onkel Gideon am Kamin verschluckte sich fast an seinem Keks angesichts der Tatsache, daß da einer seiner Schwester zu widersprechen wagte.
»Versuch nicht, ihn zu verteidigen, Junge«, sprudelte er hervor.
»Er war ein Verschwender!« Und als wolle er unterstreichen, wie schändlich Verschwendung ist, schlug er mit der Faust gegen den Kaminsims.
»Aber, Onkel Gideon, die Fairness...«
»Sherlock«, schnitt ihm Tante Rachel mit scharfer, keinen Widerspruch duldender Stimme das Wort ab. »Sherlock, die Schande läßt

sich nicht abstreiten. Sogar ich habe bei aller Vorsicht mein Teil abbekommen. Versteh mich bitte richtig, ich will mich nicht beklagen. Wir müssen alle unser Kreuz tragen. Zudem habe ich deiner Mutter versprochen, daß ich mich um dich kümmern werde, und ich gehöre nicht zu denen, die sich um ihre Pflichten drücken – ganz egal, was es kostet.« Sie schnüffelte und wischte sich eine Träne des Selbstmitleids aus dem Auge. Dann läutete sie dem Hausmädchen. »Gibt es noch etwas«, fuhr sie fort, »was du von mir wissen möchtest, bevor wir uns alle wieder unseren Aufgaben zuwenden?«

Allerdings. Natürlich gab es etwas.

»Haben meine Eltern keine Nachricht hinterlassen, wann ich sie wiedersehen werde, Tante Rachel? Und wo?«

Sie antwortete mit brutaler Offenheit: »Nichts dergleichen.«

Onkel Gideon aber, den nächsten Keks in der Hand, zog die Summe der Freveltaten des alten Landedelmannes: »Taugenichts. Verschwender. *Und* verantwortungsloser Vater dazu!« donnerte er. Dann schob er den Keks zwischen die Lippen und begann geräuschvoll wie ein Kaninchen daran zu knabbern.

In diesem Augenblick ging die Tür auf, und Mrs. Cunliffe, das Hausmädchen, nach dem Tante Rachel geläutet hatte, trat ein. Etwa Ende dreißig, gemütlich, stattlich, von angenehmem Äußeren, mit frischen roten Wangen und Wärme ausstrahlend, war sie in dem engen steifen Haus das einzig wirklich freundliche Gesicht. Sherlock kannte sie aus glücklicheren Tagen, denn sie war die letzten Jahre auf dem Landgut bei der Familie Holmes in Dienst gewesen. Sherlock war sehr überrascht, aber auch erfreut gewesen, als sie ihm bei seiner Ankunft die Tür geöffnet hatte.

Sie bekam jetzt den Auftrag, Sherlock auf sein Zimmer zu führen. Als sie sich nach der Reisetasche bückte, die neben dem Stuhl stand, entfuhr ihr ein besorgter Ausruf: »Was haben Sie bloß gemacht, Mr. Holmes? Ihr Bein ist ja ganz blutig!«

»Ach, nicht der Rede wert«, erwiderte Sherlock. »Ich hatte einen kleinen Strauß mit einem irischen Wolfshund. Tut mir leid.«

»Und du bist zweiter Sieger geworden!« scherzte Onkel Gideon. Auch Charity, die bis dahin geschwiegen hatte, meldete sich nun zu Wort. »Vielleicht war der Hund tollwütig, Mama!« Sie lächelte dabei, als ob ihr diese Vorstellung großes Vergnügen bereitete. »Und er«, fuhr sie mit einem Nicken in Richtung Sherlock fort, »bekommt jetzt die Tollwut.« Nach dem Funkeln in ihren Augen zu urteilen, schien sie sich nichts mehr zu wünschen, als mit einem Tollwütigen unter einem Dach zu weilen.
»Charity! Was bringt dich bloß auf so schreckliche Gedanken!« schalt Tante Rachel. »Trotzdem sollte man das Bein untersuchen lassen. Sherlock geht am besten gleich zum alten Dr. Sowerbutts. Er ist zwar nicht gerade ein Kirchenlicht, aber er wird wohl einen einfachen Verband anlegen können.«
Onkel Gideon nickte zustimmend, und Charity kicherte.

Der fahrende Flugblattverkäufer

Sherlock war froh, als er wieder auf der Straße stand, in frischer Luft, weg aus der atembeklemmenden, niederdrückenden Atmosphäre des engen Hauses; weg von Beschränktheit, Spießigkeit und offenkundiger Mißbilligung. Er konnte noch immer nicht ganz fassen, was ihm dieser Tag gebracht hatte. So verheißungsvoll hatte er begonnen, und so bitter war er geworden. Alle Pläne, alle Hoffnungen des Morgens waren zerstoben. Geblieben war nur ein alles beherrschendes Gefühl des Alleinseins.

Das Haus des Doktors stand im Stadtzentrum. Es war ein großes Gebäude in georgianischem Stil, das freundlich und heiter wirkte. Auf dem Messingschild neben der Tür verkündeten Buchstaben, die durch jahrzehntelanges tägliches Blankreiben fast unleserlich geworden waren ›Doktor George Sowerbutts‹, und darunter stand, offensichtlich vor nicht allzu langer Zeit hinzugefügt – die Buchstaben waren noch ganz neu – ›Dr. John Whitney‹.

Sherlock kannte die beiden von Kindesbeinen an. Den fröhlichen alten Doktor Sowerbutts, der unter König George IV. und König Wilhelm IV. Chirurg in der Marine gewesen war – daher nannte man ihn den Seebär – und seinen jungen Schützling, den er einst aus dem Armenhaus geholt hatte, wie einen eigenen Sohn aufzog, studieren ließ und schließlich an seiner Praxis beteiligte. Die beiden mochten sich sehr, was sie nicht hinderte, gelegentlich aneinandergeraten. Das Band zwischen ihnen war noch fester geworden, als im vergangenen Sommer John Whitney, gerade 26 Jahre alt, Doktor Sowerbutts' junge, hübsche und lebhafte Nichte Charlotte geheiratet hatte. Seitdem lebten alle drei glücklich unter einem Dach.

Der Empfang im Doktorhaus war für Sherlock warm und herzlich. Er wurde gleich ins große Behandlungszimmer geführt und in einen bequemen Sessel gesetzt. Doktor Sowerbutts versorgte sein Bein, Charlotte brachte ihm selbstgemachte Zitronenlimonade und John Whitney Kuchen. Im Kamin loderte ein großes Feuer. Endlich war ihm nicht mehr kalt, begann die Anspannung nachzulassen. Jetzt, wo er anfing, sich wohler zu fühlen, konnte er die Ereignisse schon etwas objektiver betrachten.

Weder Charlotte noch John sprachen von seinen Eltern. Sherlock wußte, daß sie ihm den Schmerz ersparen wollten. Dafür war er dankbar. Nur der gute alte Doktor Sowerbutts brachte ganz unschuldig und zerstreut und zu seinem eigenen Entsetzen das Thema zur Sprache. Er beendete es dann ganz schnell mit der Versicherung: »Die schaffen's schon wieder, so wie immer.«

»Aber sicher!« Sherlock hoffte, daß seine Antwort überzeugend geklungen hatte. »Ich rechne jeden Tag mit einer Nachricht. Sicher holen sie mich nach Frankreich.«

Er wünschte sehnlichst, daß es so wäre! Immer wieder tauchten vor seinem geistigen Auge Bilder aus vergangenen, gemeinsam verbrachten Ferien auf. Seine Mutter im langen Kleid aus blauer Seide, auf dem Kopf den großen, blumengeschmückten Strohhut, die Arme voll Rosen, lachend über seinen ersten Sturz vom Pferd. Er sah seinen Vater am Flußufer sitzen und fischen, was er gelegentlich den ganzen Tag lang tat, neben sich ein paar Flaschen Wein, Montrachet, und einen Korb mit Essen, ein wahres Füllhorn von Leckerbissen. Er sah den silbern schimmernden Fisch an der Angel, hörte die gellenden Triumphschreie und roch beinahe den Rauch des Holzfeuers, über dem sie dann die Fische brieten.

Doch vor diese Bilder aus glücklichen Tagen drängten sich andere, jüngere, befremdliche. Die Frau auf dem Rasen, der junge Mann mit dem Hund. Sherlock hatte den unbändigen Wunsch, mehr über diese Leute zu wissen, die in Besitz genommen hatten, was einst seiner Familie gehört hatte.

»Hör mal, John«, wandte er sich mit einem plötzlichen Entschluß an Whitney. »Kannst du mir etwas über die Leute im Herrenhaus sagen?«
»Die Turnbulls?« erwiderte John Whitney. »So gut wie nichts. Sie leben sehr zurückgezogen und haben kaum Besuch. Ihr Ruf ist gut. Und wenn es darum geht, für wohltätige Zwecke zu spenden, sind sie stets die ersten auf der Liste.«
»Er war Oberst in der Armee in Indien«, knurrte der alte Doktor Sowerbutts undeutlich, denn er bemühte sich gerade, mit Hilfe der Zähne das Ende der Bandage so einzureißen, daß er zwei Enden zum Verknoten bekam. John Whitney gab ihm eine Verbandsschere. Doktor Sowerbutts legte sie sachte neben sich auf den Boden und zerrte weiter mit den Zähnen an der Leinenbinde. »Ich traf ihn mal in der Schankstube vom ›Stier‹ in Preston«, fuhr er fort, als habe es keine Unterbrechung gegeben. »Netter Bursche, Meisterschütze. Tiger, weißt du?« Er legte ein imaginäres Gewehr an die Schulter und machte laut ›Peng, Peng!‹ Alle fuhren zusammen.
»Mrs. Turnbull sieht man so gut wie nie«, ergänzte Charlotte Whitney. »Sie geht nur selten aus. Ihre Gesundheit ist durch die Jahre in Indien angegriffen.«
»Tatsächlich?« bemerkte Sherlock.
»Jedenfalls heißt es so«, meinte John Whitney. »Untersucht habe ich sie nicht.«
Nun schilderte Sherlock die Ereignisse vom Vormittag beim Herrenhaus. Er beschrieb, so gut er konnte, auch die Frau, die auf dem Rasen gesessen hatte. Sie war klein, rundlich und hatte schwarze Haare. Eine Frau von vielleicht vierzig Jahren, in jedem Fall aber mittleren Alters.
Nach allgemeiner Ansicht paßte die Beschreibung auf Mrs. Turnbull. Hinzu kam, daß, soviel man wußte, sonst keine Frauen in dem Haus wohnten. Und die Dienerschaft bestand aus Indern. Es gab also keinerlei Anlaß, sie für jemand anderen zu halten.
»Eigenartig«, überlegte Sherlock laut. »Als ich auf sie zuging,

sprang sie auf und rannte wie der Wind davon. Paßt das zu einer Frau mit schwacher Gesundheit, was meint ihr?«
»Das paßt nun wirklich nicht zu unserer Mrs. Turnbull«, räumte John Whitney ein. »Sie wird in einer Sänfte herumgetragen.«
»Johnny, das Ding, in dem sie herumgetragen wird, ist ein Tragstuhl«, berichtigte Doktor Sowerbutts, ein Genauigkeitsfanatiker, wenn er glaubte, etwas besser zu wissen als andere. »Kommt aus Indien. Das weiß ich vom Obersten.« Mit stolzgeschwellter Brust blickte er in die Runde, denn schließlich hatte der Oberst nur ihn ins Vertrauen gezogen.
»Und der junge Mann mit dem Hund?« fragte Sherlock.
An seiner Identität bestanden keine Zweifel. »Das muß der junge Jasper gewesen sein, ein Neffe des Obersten und ein recht eingebildeter junger Angeber, der sich als Juniorchef aufspielt«, beschrieb ihn Doktor Sowerbutts.
Sherlocks Abneigung gegen den Burschen wurde, wenn überhaupt möglich, noch größer.
In diesem Augenblick erfuhr das Gespräch eine Unterbrechung, die auch Sherlock nicht zu ignorieren vermochte. Draußen auf der Straße erhob sich lautes Geschrei: »Morde, Morde, die gräßlichsten Morde!«
»Natty Dan!« rief Sherlock, der die heisere Cockney-Stimme gleich erkannt hatte.
»Stimmt«, pflichtete ihm Doktor Sowerbutts bei. »Der alljährliche Besuch!«
»Beichten aus der Todeszelle, Reue unter dem Galgen, in allen grausigen Einzelheiten!« Das Geschrei kam näher. »Für einen Penny, nur einen einzigen Penny!« Nun stand er vor dem Gartentor. Das Brüllen machte plötzlich einem trockenen Husten Platz.
»Er wird sicher sein übliches Hustenmittel haben wollen«, sagte Doktor Sowerbutts. »Sei so lieb, Charlotte, geh an die Tür und mach ihm auf. Und du, Johnny, räumst den guten Port weg und bringst eine Flasche vom medizinischen.« Und alle rannten.

Jeder in der Gegend kannte Natty Dan. Man kannte ihn in weitem Umkreis. Er war einer der letzten vom aussterbenden Berufsstand der fahrenden Händler. Er zog durchs Land und verkaufte Flugblätter mit letzten Bekenntnissen aus der Todeszelle. Gegen ein kleines Entgelt schilderte er in grellsten Farben, jedes Detail ausmalend, die grausigsten neuen und weniger neuen Verbrechen. Und wenn die Verbrechen nicht grausig genug waren, gestaltete er sie dem Brauch seiner Zunft entsprechend ein kleines bißchen farbiger. Wer lesen konnte, zahlte einen Penny für das Flugblatt, wer nicht, erfuhr die Geschichte zum selben Preis aus Nattys eigenem erfinderischen Munde. Menschen von seinem Schlag verschwanden verständlicherweise sehr schnell, wurden Opfer der billigeren, allenthalben verfügbaren Zeitungen. Natty Dan dürfte einer der letzten jener fahrenden Händler gewesen sein.
Sherlock hörte die Haustür ins Schloß fallen. Kurz darauf wurde die Tür zum Behandlungszimmer ganz langsam aufgeschoben. Im Spalt erschien ein Gesicht, ein altes wettergegerbtes Gesicht, aber hellwach und verschmitzt mit lebendigen, hin- und herhuschenden Augen. Schnell hatte ihr Besitzer die beiden Doktoren erspäht, und schon öffnete er den Mund zum nächsten Hustenanfall, als sein Blick auf Sherlock fiel.
»Ei, ei, ei, das ist ja der junge Sherlock!« Mit diesen Worten schlüpfte der kleine, vogelähnliche Mann ins Zimmer.
Sherlock kannte ihn seit Jahren. Sein Vater hatte Natty stets auf ein heißes Getränk und einen Bissen Brot ins Haus geladen. Dann saßen sie alle in der Küche beisammen und lauschten den großen Geschichten des kleinen Mannes. Tatsächlich war es Natty Dan, der, wenn er sich recht erinnerte, in ihm das brennende Interesse an Verbrechern und Verbrechen geweckt hatte, das ihn nie mehr verlassen sollte.
»Hallo, Natty. Wie schön, dich zu sehen«, begrüßte ihn Sherlock erfreut. Der kleine Mann aber grinste so breit, daß sein Gesicht in zwei Hälften zu zerfallen schien. Eifrig begann er in dem zerlump-

ten Bündel zu wühlen, das er über der Schulter trug. Dabei sagte er: »Ich hab' da etwas, das dir bestimmt gefallen wird.«
Dann fiel ihm ganz offensichtlich ein, daß er sein Husten eingestellt hatte, bevor ihm die erwartete Medizin zuteil geworden war, und er begann augenblicklich heftig zu husten.
»Schon gut, schon gut«, beschwichtigte Doktor Sowerbutts. Er hatte diese Vorstellung oft genug erlebt, doch er war Fahrenden gegenüber stets großzügig. »Gib ihm die Medizin, Johnny.«
John Whitney füllte ein großes Glas mit Port und reichte es dem fahrenden Händler. Natty Dan nahm es, stürzte den Inhalt in einem Zug hinunter und krächzte: »Mann, das ist aber 'ne mächtig gute Medizin. Die macht meine ausgedörrte Kehle gleich geschmeidiger und meine Stimmbänder wieder beweglich.«
Erneut fing er an, in seinem Bündel herumzukramen. »Paß auf«, fuhr er fort, »was hältst du davon – ein echtes Londoner Verbrechen – die entsetzliche Tat einer unmenschlichen Mutter in einem Haus am Harrowgate. Bringt ihr Baby in einem Kessel über dem Feuer um. Das ist doch einen Penny wert, nicht?« Und er streckte in Erwartung der Münze die Hand aus.
»Immer«, bestätigte Sherlock und fing an, in seinen Taschen herumzuwühlen. Und zu John Whitney gewandt: »Weißt du, John, in den letzten Jahren habe ich studiert, zu welch entsetzlichen Grausamkeiten Menschen fähig sind. Ich frage mich, ob wir Derartiges je wirklich begreifen können.« Inzwischen hatte er alle Taschen durchsucht, aber keine Münze zutage gefördert. »Oh, ich bin wohl zur Zeit völlig abgebrannt«, tat er überrascht. »John, kannst du mir einen Penny leihen?«
John Whitney hatte Sherlocks Bemühungen mit einem hinterhältigen Grinsen verfolgt. Er hatte auf diese Frage gewartet und hielt längst einen Penny in der rechten Hand, die in der Hosentasche steckte. Willig reichte er Natty die Münze.
»Tausend Dank!« rief der fahrende Händler. Seine Verbeugung geriet so tief, daß der Kopf fast den Teppich berührte. Nachdem er so

die erste Münze ergattert hatte, nahm er rasch seinen Vorteil wahr und fuhr fort: »Und wie wär's damit?«
Und nun kam das, was er offensichtlich für das Spitzenstück an Dramatik in seiner Sammlung hielt. »Die ganze Familie umgebracht. Zerstückelt, zerhackt, zerschlagen, wie von einem Wahnsinnigen oder Wilden in einer einsamen Schmiede, in jenem abgelegenen Teil dieser Grafschaft, den man Buckinghamshire nennt.« Er hielt inne, um dem, was nun kam, noch mehr Bedeutung zu geben. »Nicht weniger als neunzehn Tote!« Voller Erwartung wanderte sein Blick von einem Gesicht zum anderen. »Es ist die allerneueste Sensation, ganz bestimmt.«
»Das Denham-Massaker«, kam es wie aus der Pistole geschossen von Sherlock. »Es war vor mehr als einem Jahr. Und tatsächlich umgebracht wurden sieben.«
Natty verschlug es für einen Augenblick die Sprache. Doch dann erwiderte er: »Kann sein, kann sein. Dichterische Freiheit, mein lieber Junge. Aber ich habe den ganzen, absolut wahren Bericht vom Prozeß gegen den Mörder.«
»John Jones, alias Jenkins, alias Reynolds, alias Owen«, ratterte Sherlock herunter. »Kronzeuge war der Maurer Charles Coombes. Er sagte aus, daß Jones Samstagnachmittag in altem Cordzeug bei ihm aufkreuzte und dann am Sonntag in einem feinen Anzug steckte, die Taschen voller Geld, und alle Welt freihielt.«
Spiel, Satz und Sieg gingen an Sherlock. Natty Dan staunte.
»Muß weiter«, sagte er und schulterte wieder sein Bündel. »Zu einem Ort, den ich in bester Erinnerung habe, dem Herrenhaus.« Und mit einem boshaften Blick auf Sherlock fuhr er fort: »Bin nämlich noch nie dort gewesen, seit die neuen Besitzer drin wohnen.«
»Ich hoffe nur, sie entbieten dir ein besseres Willkommen als mir«, sagte Sherlock bitter.
»Das werden sie, mein Junge, das werden sie.« Dabei wußte Natty gar nicht, welche Art von Empfang Sherlock erlebt hatte. »Ich bin überall willkommen!«

Mit frechem Grinsen zog er sich unter wiederholten Bücklingen rückwärts aus dem Zimmer zurück. Er erinnerte dabei an einen alten Schauspieldirektor und Schmierenkomödianten, der den Beifall seines Publikums entgegennimmt. Ein paar Sekunden später fiel die Haustür ins Schloß.
»Überall willkommen, fürwahr.« Doktor Sowerbutts nickte Sherlock zu. »Wo's gerade zwei Türen in diesem Teil der Welt gibt, die ihm immer offenstanden, meine und die deines Vaters.«
»Vergiß nicht die zum Gefängnis von Preston«, ergänzte John Whitney. Und alle drei brachen in lautes Gelächter aus.

Als Natty Dan später am Tage beim Herrenhaus ankam, nahm ihn ein indischer Diener namens Anil in Empfang. Er hatte die strikte Anweisung, seinen Herrn zu unterrichten, wenn ein Fremder anklopfte. Er hieß also den fahrenden Händler vor der Küchentür warten und meldete den Besucher gleich den Herren im großen Salon.
Um diese Tageszeit hielten sich zwei Männer darin auf. Der eine war Jasper, jener hochnäsige, blonde junge Mann, der seinen Hund auf Sherlock gehetzt hatte. Er räkelte sich auf dem Sofa und reinigte eine Schrotflinte. Der andere war ein großer Inder mit Turban. Er stand am Büffet und belud ein Tablett mit Weingläsern und einer weingefüllten Karaffe.
»Verzeihung, Ranjeet Sahib«, sagte der junge Inder. »An der Küchentür steht ein Hausierer. Er verkauft Geschichten von Verbrechen und Verbrechern, Sahib.«
Der große Inder winkte ungeduldig ab. »Gib ihm einen Penny und schick ihn wieder weg.«
Der junge Inder machte Anstalten, das Zimmer zu verlassen. Doch da legte Jasper seine Flinte beiseite und hielt ihn zurück.
»Halt, bleib«, sagte er. »Hast du den Mann schon mal gesehen?«
»Nein, Sahib«, antwortete der Diener, durch die Frage leicht verwirrt.

»Wie groß ist er?« fragte Jasper weiter.
»Groß, Sahib?« Die Verwirrung des Dieners steigerte sich. »Oh, ziemlich klein.« Er hielt seine Hand etwa in Kinnhöhe und bewegte sie auf und ab, wie um sich auf die genaue Größe zu besinnen. Schließlich sagte er: »Etwa einen Meter fünfzig.«
»Und wie schwer? Wie hoch schätzt du sein Gewicht?«
»Nun, er ist sehr ... äh ... ich würde sagen, zwischen neunzig und hundert Pfund, Sahib.«
»Alt oder jung?«
Diesmal kam die Antwort des jungen Inders ohne Zögern: »Oh, alt, Sahib. Kann sein, vielleicht fünfzig.«
Jasper überlegte kurz und sagte dann lässig: »Bitte ihn herein.«
Deutlich verwirrt antwortete der Diener: »Sehr wohl, Sahib, wie Sie wünschen.« Er verbeugte sich und verließ das Zimmer.
Der große Inder drehte sich um und fragte Jasper ungläubig: »Herein? Du bittest diesen Bettler herein?«
»Allerdings, Ranjeet.« Jasper lächelte. »Ich denke, er kommt uns gerade recht für unser Vorhaben.«

Sherlock verbrachte fast den ganzen Vormittag des folgenden Tages damit, in seinem Zimmer alle Sachen in die Koffer und Kisten zurückzustopfen, aus denen er sie am Abend zuvor herausgenommen hatte. Er handelte auf strenge Anweisung, die ihm von der Tante in höchsteigener Person beim Frühstück zuteil geworden war.
Er mochte sein Zimmer überhaupt nicht. Es war, wie alles im Haus, klein und steif und überwältigend weiblich. Überall Rüschen, Deckchen und Blümchen. Die Vorhänge mit Blümchen, die Tapete mit Blümchen, auf der Bettdecke Blümchen. Das große Aquarell im reichgeschnitzten Rahmen: Blumen. Und an der Wand gegenüber dem Bett ein gerahmter frommer Spruch, verziert mit Blumen – Lilien, um genau zu sein. Er lautete:

Lehr leben mich, daß ich das Grab
nicht scheuen mehr als mein Bettchen mag.

Sherlock fand wenig Sinn darin. Er »scheute« schon jetzt sein Bett, weil es für seine einsachtzig viel zu kurz war.
Am Abend vorher hatte er sich weidlich bemüht, dem Zimmer ein wenig seinen Stempel aufzudrücken. Seine Koffer und Schachteln waren ordnungsgemäß vom Bahnhof gebracht worden – sehr zum Verdruß Onkel Gideons, der den Fuhrmann bezahlen mußte –, und Sherlock hatte sofort alles ausgepackt und übers ganze Zimmer verstreut. Hier seine chemischen Geräte und da seine »Kriminalsammlung«: die vielen Hefte mit eingeklebten Zeitungsausschnitten – den Kleister stellte er selbst aus Mehl und Wasser her – und zahllosen Notizen in seiner klaren, sauberen Schrift zu allen denkbaren Informationen, Erkenntnissen und Betrachtungen über Menschen und Dinge. Den Ehrenplatz vor dem Spruch zu Bett und Grab aber hatte er dem menschlichen Skelett zugewiesen, das er für seine anatomischen Studien angeschafft hatte. Und dieses Skelett war es auch, das den Anlaß für den Krach am Frühstückstisch gegeben hatte. Charity hatte herumgeschnüffelt, das Skelett entdeckt und eine fürchterliche Szene gemacht. Das Resultat war gewesen, daß Tante Rachel die sofortige Entfernung all der ihrer Meinung nach dämonischen und krankhaften Dinge aus ihrem Haus verlangte.
Das Skelett war das letzte, was er wieder zu verpacken hatte. Sanft bettete er es obenauf in eine der Blechkisten und sagte dabei: »Schlaf gut, süßer Prinz, mögen himmlische Heerscharen dich in den Schlaf singen.« Er griff nach seiner Violine und improvisierte ein paar Takte eines Trauerliedes, bevor er den Deckel scheppernd zufallen ließ. In diesem Augenblick ertönte es hinter ihm: »Ich spiele Klavier bestimmt besser als du Violine.« Er drehte sich um. Charity hatte ihn vom Türrahmen her beobachtet.
»Hallo, Charity«, sagte er, sich zu einem Lächeln zwingend. Mit einem Nicken forderte er sie auf, hereinzukommen. »Ich hab' da was, das ich dir zeigen möchte.« Er legte den Finger an die Lippen, um ihr zu bedeuten, daß sie Stillschweigen bewahren sollte.
»Was ist es?« fragte Charity argwöhnisch.

»Hier, schau!«
Charity trat näher heran. Sherlock griff nach einem kleinen hölzernen Kästchen, das auf dem Bett lag. Er hob mit der freien Hand den Deckel und hielt ihr das Kästchen hin. Darin lag ein Daumen. Charity starrte ihn fasziniert an und fragte mit unsicherer Stimme: »Was ist das?«
»Das, Charity, ist der Daumen des Henkers Calcraft«, antwortete Sherlock bedeutungsschwer.
»Oh!« Fast sprangen ihr die Augen aus dem Kopf.
»Und weißt du auch, was für eine besondere Bewandtnis es mit diesem Daumen hat?«
»Nein, was denn?« fragte das Mädchen.
»Wenn sich ihm ein Petzer und Schleicher nähert, richtet er sich auf – und wackelt«, antwortete Sherlock. »Schau!« Und tatsächlich richtete sich der Daumen in dem Kästchen langsam auf und bewegte sich hin und her. Das ganze war natürlich ein Trick, und es war Sherlocks Daumen, den er durch ein Loch im Boden des Kästchens gesteckt hatte. Aber der Trick tat seine Wirkung.
»Ih, du ekelhafter Kerl!« quietschte Charity. »Das sage ich aber Mama, wenn sie wiederkommt. Darauf kannst du Gift nehmen!« Und mit lautem Türknallen verschwand sie aus dem Zimmer.
Sherlock grinste schadenfroh. Im selben Augenblick prasselte eine Handvoll Kies gegen das Fenster. Er schaute hinaus und sah Natty Dan unten im Garten stehen.
»Sherlock, ich muß dir was erzählen«, rief der fahrende Händler.
»Pst, nicht so laut«, mahnte Sherlock. »Geh ums Haus zur Küchentür. Ich komm' gleich runter!«
In der Küche gab es einige Schwierigkeiten mit Mrs. Cunliffe, die sich strikt weigerte, einen Kerl wie Natty hereinzulassen. Sie gab erst nach einigem Zureden nach und nicht ehe sie Zeit gehabt hatte, das Silber, das sie gerade putzte, vom Küchentisch einzusammeln.
»Nun, was willst du?« empfing Sherlock den in die Küche schlüpfenden fahrenden Händler, während Mrs. Cunliffe mit hocherho-

benem Kopf, alles Silber in der Schürze, hinausrauschte. »Ich warne dich, ich hab' keinen einzigen Penny.«

»Nein, nein, nein, mein lieber Junge«, beruhigte ihn der fahrende Händler. »'s ist wegen der neuen Leute drüben im Haus. Was für ein Empfang!« Er befand sich in einem Zustand höchsten Entzükkens. »Wurde hereingebeten und bewirtet. An einem riesig großen, schönen Tisch. Von einem baumlangen Inder. Essen und Wein – und Früchte und Wein – und Essen und Wein und Früchte. Ananas!« Das kam mit größtem Nachdruck.

»Ananas?« fragte Sherlock, der ihm kein Wort glaubte.

»Und riesengroße goldene Orangen und kindskopfgroße Äpfel«, fuhr Natty fort.

Das reichte.

»Ich hab' dir schon immer gesagt, Natty«, unterbrach ihn Sherlock, »dein Fehler ist, daß du immerzu die Grenze der Glaubwürdigkeit überschreitest.«

Der fahrende Händler ignorierte Sherlocks abschätzige Bemerkung. »Ich geh' noch heut nacht wieder hin.« Er fuhr fort: »Eine solche Einladung – richtig bedrängt haben sie mich – kann ich nicht ablehnen. Und morgen bring' ich dir eine Ananas mit, du Zweifler!«

»Sehr gut!« Sherlock war einverstanden. »Aber du kommst besser nicht hierher. Wir treffen uns bei meinem Versteck im Wald, du weißt doch, der alten Holzfällerhütte.«

Natty kannte sie gut.

»Und wenn du«, fuhr Sherlock fort, »mir keine Ananas bringst, dann werd' ich allen Leuten erzählen, wie leicht du's mit der Wahrheit nimmst!«

Da flog die Küchentür mit Getöse auf, und im Rahmen stand, Charity dicht hinter sich, wie ein Racheengel – Tante Rachel.

»Was um Himmels willen tut dieser Mann in meiner Küche?« fragte sie mit eisiger Stimme.

Natty Dan zog flink eine Uhrkette aus der Westentasche. Es hing keine Uhr daran, aber er hielt sie so in der gewölbten Hand, daß alle Welt eine darin gesehen hätte.

»Guter Gott! Schon so spät!« rief er. Dann wandte er sich an die sauertöpfische Tante Rachel: »Bitte tausendmal um Vergebung, reizende Lady, aber ich muß leider scheiden. Muß ins Herrenhaus, Ananas essen.«

Mit einer angedeuteten Verbeugung für Tante Rachel und einem fröhlichen Augenzwinkern für Sherlock wieselte er zur Tür hinaus und war verschwunden.

Tante Rachels Blick aber ruhte unheildrohend auf Sherlock. Jeden Augenblick mußte der Sturm losbrechen. Hinter ihr stand mit schadenfrohem Grinsen Charity. Jetzt kam ihre Rache für die Geschichte mit dem Daumen des Henkers, und sie wollte jede Sekunde genießen. Sherlock hätte sie ohrfeigen mögen.

Der dreibeinige Hund

Zu seinem Treffen mit Natty Dan bei der Holzfällerhütte schleppte Sherlock am nächsten Morgen eine seiner Kisten mit. Er hatte beschlossen, die von Tante Rachels Bannstrahl getroffenen Besitztümer auf das Versteck und das Doktorhaus zu verteilen.

Als er in die Hütte trat, sah er schattenhaft im Dämmerlicht der Hütte Natty Dan an die Wand gelehnt am Boden sitzen. Er sagte: »Also, Natty, wo ist die Ananas?«

Keine Antwort.

Sherlock setzte seine Kiste ab und trat zu dem fahrenden Händler, der mit gekreuzten Beinen das Gesicht der Wand und den Rücken dem Raum zukehrte. Er stupste ihn sachte an. Natty Dan kippte um. Durch einen Spalt im Dach drang ein schmaler Streifen Sonnenlicht in den Raum und fiel auf den ausgestreckten Körper. Sherlock konnte kaum glauben, was er sah. Das wettergegerbte Gesicht des fahrenden Händlers war im Tod zu einer schrecklichen Grimasse erstarrt, als sei er in den letzten Augenblicken seines Lebens Zeuge entsetzlicher Geschehnisse gewesen.

Sherlock war zunächst keiner Bewegung fähig. Er brachte keinen Ton heraus, starrte nur wie betäubt auf den alten Mann zu seinen Füßen. Erst jetzt wurde ihm klar, was Natty für ihn bedeutet hatte. Wieder war ein Stück seiner Vergangenheit dahin.

Nach einer Weile fiel ihm auf, daß Natty ein Stückchen Kreide umkrampfte. Sherlock drehte sich zur Wand, an der der fahrende Händler gelehnt hatte. Da stand in krakeligen Kreidebuchstaben, etwa einen Meter über dem Boden, »Biene Old Mo«.

»Biene Old Mo«, las er laut. »Was soll das bloß heißen, Natty?«

Obwohl die Hütte so viele glückliche Erinnerungen barg, überlief ihn ein Frösteln. Auch die für diesen Novembertag kräftig scheinende Sonne konnte es nicht mildern. Es verstärkte sich sogar noch, als John Whitney und Doktor Sowerbutts ihre erste vorläufige Untersuchung beendet hatten. Natty Dans Körper verhüllte nun ein Laken. Doch Sherlock bildete sich ein, durch den Stoff hindurch immer noch das im Tod zum Grinsen erstarrte Gesicht zu sehen. Es gab keine Anzeichen für einen gewaltsamen Tod. Trotzdem beschlossen die Doktoren, die Leiche in die Anatomie zu schicken. Sherlock blieb mit dem lokalen Vertreter des Gesetzes, Sergeant Silas Grimshaw, allein zurück. Der stämmige Mann kam aus Yorkshire und hielt sich selbst für außerordentlich tüchtig. In Wirklichkeit aber waren seine Fähigkeiten äußerst bescheiden. Er war erst vor ein paar Monaten in diese Gegend gekommen, weil – wie es hier spaßhaft hieß – man ihn in seiner heimischen Grafschaft habe loswerden wollen. Er stand gerade vor Natty Dans letzter Botschaft und bemühte sich angestrengt, sie mit einem nagelneuen Bleistift in ein ebenso neues Notizbuch zu übertragen. Dabei sprach er die Worte laut vor sich hin. »Biene Old Mo.«

»Biene heißt Frau«, erklärte Sherlock, der unmittelbar hinter ihm stand.

»Richtig«, sagte der Sergeant, ohne eine Miene zu verziehen.

»Es ist ein spezieller Ausdruck aus der Sprache der fahrenden Händler, wissen Sie?« fügte Sherlock hinzu.

»Wirklich?« meinte der Sergeant.

»›Old Mo‹ allerdings gibt mir Rätsel auf«, fuhr Sherlock rasch fort. »Könnte vielleicht ein Frauenname sein, ein Spitzname. Vielleicht wollte Natty, daß ich eine Frau ausfindig mache, die unter dem fahrenden Volk ›Old Mo‹ genannt wird. Kann sein, daß sie etwas mit seinem Tod zu tun hat.«

»Nu' halt mal die Gäule an, Junge«, sagte der Sergeant sehr bestimmt. »Wir wissen bis jetzt noch nicht einmal sicher, wie er ums Leben kam.«

Aber Sherlocks Verstand arbeitete auf Hochtouren. »Wie könnte ich es anstellen, diese Frau zu finden?«
»Wenn du mich um Rat fragst, Junge«, sagte der Polizist, »zerbrich dir nicht den Kopf darüber.«
Doch Sherlock ließ nicht locker: »Aber Natty Dan wollte mir, das ist ganz klar, etwas mitteilen.«
»Und du hast es jetzt der Polizei mitgeteilt«, sagte Sergeant Grimshaw väterlich. »Korrektes Verfahren, sehr lobenswert, ich werde in meinem Bericht eigens darauf hinweisen.«
»Danke Ihnen«, antwortete Sherlock, nicht im geringsten beeindruckt von diesem Versprechen.
»Also, der Mann war auf dem Weg zurück zum Herrenhaus«, knüpfte der Sergeant an einen früheren Punkt des Gesprächs an.
»Das hat er gesagt«, bestätigte Sherlock. »Er hat erzählt, er sei dort gewesen und bewirtet worden. Und man habe ihn eingeladen wiederzukommen.«
»Dann werde ich mich am besten mal ein bißchen mit Oberst Turnbull unterhalten.«
»Sie wissen doch, daß mir...« setzte Sherlock an. Damals war er noch sehr erpicht darauf, jede seiner Ideen mit der Polizei zu teilen. Aber er kam nicht weiter, denn der Sergeant schnitt ihm das Wort ab:
»Hör auf, Junge. Ich geb' dir einen guten Rat: Geh heim und zerbrich dir nicht weiter den Kopf.«
Er zog den Kopf ein, um beim Verlassen der Hütte nicht mit dem Helm an dem niedrigen Türsturz anzustoßen, und schlug den Weg zum Herrenhaus ein.
»Aufgeblasener Dummkopf!« sagte Sherlock ohne Ton zu dem sich entfernenden Rücken und kickte einen alten Schuh quer über den Hüttenboden. Das half, um Dampf abzulassen.

Etwas später am Tage berichtete John Whitney, was die Todesursache war: »Herzversagen, verursacht durch eine Tetanusinfektion.«

Und das schrieb dann auch Doktor Sowerbutts auf den Totenschein.

»Aber Natty Dans Gesicht? Dieser Ausdruck des Entsetzens?« wandte Sherlock ein, der im Wartezimmer gesessen und auf das Ergebnis der Untersuchung gewartet hatte.

»Je nun, junger Mann«, entgegnete der alte Sowerbutts, »was du gesehen hast, das war das sogenannte hippokratische Lächeln oder *risus sardonicus,* wie die Alten sagten.« Um Sherlock zu demonstrieren, was er meinte, verzog er sein Gesicht zu einer Fratze.

»Extreme Kontraktion der Muskeln ist ein charakteristisches Zeichen für Tetanus«, erklärte John Whitney. »Die Gesichtsmuskeln verkrampfen sich, was dann besagten Ausdruck hervorruft.«

»Die Muskeln werden brettsteif«, warf Doktor Sowerbutts ein. Diesmal machte er zur Illustration den Arm steif.

»Das reicht, George«, sagte John Whitney mißbilligend.

»Und was könnte die Ursache gewesen sein?« fragte Sherlock.

»Darf ich's ihm sagen, Johnny?« schmunzelte der alte Doktor. »Oder hast du Angst, meine Erklärung könnte sein zartes Gemüt beleidigen?« Dabei zwinkerte er Sherlock zu.

»Nein. Erzähl's ihm ruhig«, entgegnete John. »Aber bemüh dich um eine gemäßigte Ausdrucksweise.«

»Mit einem Wort, junger Mann, *Dreck*«, sagte Doktor Sowerbutts. »Die kleinste Wunde genügt. Erde, Mist, Straßenstaub. Selbst etwas so Banales wie ein Kratzer von einem Rosendorn kann tödlich sein.«

»Jemand wie Natty Dan ist dieser Gefahr durch seine Lebensweise natürlich besonders ausgesetzt«, ergänzte John Whitney.

Kurz darauf führte Charlotte Whitney Sergeant Grimshaw ins Zimmer. Er war entzückt, als er hörte, daß die Ärzte eine Tetanusinfektion als Todesursache festgestellt hatten. »Ein natürlicher Tod«, war sein abschließendes Urteil. »Das hat man gern. Der Fall ist abgeschlossen.« Dann fuhr er, an Sherlock gewandt, bedeutungsvoll fort: »Und du, mein junger Freund, laß dir ein bißchen was von mir erzählen. Dieser Natty Dan hat dir nämlich einen ordentlichen Bären aufgebunden. Ein einziges Mal war er beim Herrenhaus, und er hat keinen Fuß über die Schwelle gesetzt. Fortgejagt haben sie ihn. Weißt du, du mußt noch lernen, die Spreu vom Weizen zu trennen.« Und dann fügte er noch mit aller Überlegenheit, die er aufbringen konnte, hinzu: »Aber das kommt mit der Erfahrung.«

»Und was hat es dann mit dieser ›Old Mo‹ auf sich?« fragte Sherlock. Ihm paßte es gar nicht, von diesem selbstgefälligen Polizisten wie ein Kind behandelt zu werden.

»Zerbrich dir nicht den Kopf darüber, mein Junge«, riet Grimshaw, was seine Verärgerung noch steigerte. »Es betrifft dich ja nicht.« Und mit einem »Guten Tag, Mrs. Whitney, meine Herren« trollte er sich. Sherlock aber sagte gar nichts. Er saß reglos und stumm in seinem Sessel und kochte vor Wut.

Die Marmoruhr auf dem Kamin schlug die halbe Stunde. Charlotte warf einen Blick darauf und sagte: »Sherlock, weißt du eigentlich, wie spät es ist? Solltest du nicht nach Hause gehen?« Es war gerade halb eins.

»Oh, fang du nicht auch noch an!« erwiderte Sherlock scharf. Er hatte allmählich das Gefühl, als hätten sich alle verabredet, ihn wie ein Kind zu behandeln.

»Aber du bist seit heute morgen von zu Hause weg.« Charlotte ließ nicht locker. »Tante Rachel wird sich Sorgen machen.« Und um ihm nicht das Gefühl zu geben, er werde hinausgeworfen, begleitete sie ihn bis zur Haustür. Sherlock ließ sich's gefallen. Tief in Gedanken, nahm er kein Wort von dem, was sie sagte, bewußt auf. An der Haustür hatte er dann seinen Entschluß gefaßt und wußte, was er als nächstes tun würde.

Der Zufall wollte es, daß Tante Rachel über Sherlocks Ausbleiben nicht im geringsten verärgert war. An jedem normalen Tag wäre sie es ganz bestimmt gewesen; nur hatte der heutige Tag für sie einen ganz anormalen Verlauf genommen, genauso wie für Sherlock. Die Ursachen waren völlig verschieden, hingen aber doch irgendwie zusammen.

Im Salon des kleinen, steifen Hauses stand eine mißgelaunte Charity auf einem niedrigen Schemel, um sich herum haufenweise Kleider. Sie lagen überall. Kein Möbel, das nicht drapiert gewesen wäre mit Gewändern in allen Farben, Schnitten und Stoffen.

Seit nunmehr fast einer Stunde waren sie Charity eines nach dem anderen vorgelegt worden, in der Hoffnung, daß ihr eines gefiele – einer bisher vergeblichen Hoffnung. Und obwohl inzwischen nur ganz wenige Kleider übrig waren, die noch nicht begutachtet und verworfen worden waren, ging die Prozedur weiter.

Tante Rachel hielt nun ein rotes Samtkleid mit Spitzen an Kragen und Ärmeln in der Hand, das mit einer großen Seidenschärpe getragen wurde. »Hier, wie gefällt dir das?« fragte sie.

Charity verzog das Gesicht: »Ich hasse es!« maulte sie. »Warum kann ich kein *neues* Kleid haben, Mama?«

»Weil wir keine Zeit haben, Liebling«, antwortete ihre Mutter. »Außerdem hast du ein paar von den Kleidern noch kaum getragen.« Charitys Miene hellte sich nicht auf. »Ah«, fuhr Tante Rachel fort und deutete auf ein Kleid, das Mrs. Cunliffe gerade wegnehmen wollte, »was haben wir denn da, Mrs. Cunliffe?«

»Hier bitte, gnädige Frau.« Die Haushälterin reichte Tante Rachel das Kleid. »Ich meine, wir haben schon hübschere gesehen. Jedenfalls für meinen Geschmack!«

»Was hältst du von diesem hier, Liebling?«

Tante Rachel ignorierte die Meinung der Bediensteten und hielt Charity das Kleid hin.

»Ja, ganz hübsch«, sagte das Mädchen.

»*Sehr* hübsch!« verbesserte sie ihre Mutter.

»Aber es ist zu kurz!« beanstandete Charity.

»Mrs. Cunliffe kümmert sich gleich darum, nicht wahr, Mrs. Cunliffe?« Die Mutter reichte ihr das Kleid, wobei sie unmißverständ-

lich unterstellte, die Frau müsse ganz versessen auf das Verlängern sein.
In diesem Augenblick ging die Tür auf, und Onkel Gideon kam herein. Baß erstaunt blickte er auf die überall verstreuten Kleider. Er schaute auf den Tisch, als könne er seinen Augen kaum trauen. Dann zog er die Uhr aus der Westentasche, hielt sie dicht vor die Augen und rief: »Grundgütiger Herrgott, was ist hier los, Rachel?« Wieder zog er die Uhr zu Rate. »Kann diese goldene Sprungdeckeluhr, die einst in unseres guten Vaters Westentasche ruhte und meines Wissens fast ein Vierteljahrhundert lang genau ging, jetzt auf einmal die falsche Zeit zeigen? Ist es nicht kurz vor eins?« Theatralisch hielt er die Uhr ans Ohr, schüttelte sie, starrte darauf und hielt sie wieder ans Ohr. Charity kicherte pflichtschuldigst dazu.
»Ach du meine Güte!« rief Mrs. Cunliffe. In Windeseile raffte sie die Kleider zusammen und stürzte mit dem ganzen Packen über dem Arm aus dem Zimmer, um sich ihren vernachlässigten Pflichten zu widmen.
»Mittagessen gibt's heute später, Gideon«, sagte Tante Rachel, als die Haushälterin draußen war. »War das ein Vormittag! Ich hab' ja solche Neuigkeiten für dich!«
Doch Charity nahm ihr das Wort aus dem Mund und verkündete selbstgefällig: »Wir sind für morgen nachmittag zum Tee ins Herrenhaus eingeladen!«
»Tatsächlich, sind wir eingeladen?« Gideon strahlte. Doch dann fiel ihm ein, daß die Einladung vielleicht nur den Damen gelten könnte, und er fragte: »Wir alle?«
»Alle«, bestätigte Tante Rachel. »Hab' ich nicht gesagt, daß Gutes kommen könnte aus Gutem, das gewisse Leute einer gewissen Person erwiesen haben?« Wenn sie die Absicht hatte, in Rätseln zu sprechen, dann war ihr das gelungen, denn Gideon war völlig verwirrt. Erst nach längerem Nachdenken ging ihm auf, daß sie Sherlock gemeint haben mußte. »Ach, von ihm sprichst du? Kommt er auch mit?«

»Aber natürlich«, sagte Tante Rachel, die um so wohltätiger wurde, je mehr Vorteile sie aus ihren Wohltaten zog. »Weißt du, er ist wirklich kein so übler Bursche.«
Doch Charity, die am Fenster saß, paßte es nicht, daß sich ihre Mutter außer für sie auch noch für jemand anderen erwärmte, und sie sagte spitz: »Aber obwohl wir heute später zu Mittag essen, kommt er wieder zu spät!«

Sherlock war nicht nur zu spät dran fürs Mittagessen, er war dabei, es ganz ausfallen zu lassen. Als er das Doktorhaus verließ, war er mehr denn je davon überzeugt, daß an der ganzen Geschichte irgend etwas nicht stimmte. Deshalb wollte er gleich zur Holzfällerhütte zurückgehen. Inzwischen war die Sonne einem grauen, wolkenverhangenen Himmel gewichen. Sherlock fröstelte auf seinem Weg zwischen den novemberkahlen Bäumen.
Bei der Hütte angekommen, ging er gleich hinein und begann, sie sorgfältigst zu durchsuchen. Er suchte nicht nach etwas Bestimmtem. Damals lag ein Vergrößerungsglas noch außerhalb seiner finanziellen Möglichkeiten. Doch er hatte ungewöhnlich scharfe Augen. In dem düsteren Raum überprüfte er peinlich genau den Boden, drehte unverdrossen Blatt für Blatt des tiefen Teppichs aus Herbstlaub und anderem Abfall um. Aber als das einzig Interessante erwies sich ein auffallend großer Rosendorn. Sherlock sammelte mit Leidenschaft alles, was vom Üblichen abwich. So ließ er den Dorn in seine Tasche gleiten.
Anschließend setzte er seine sorgfältige Überprüfung des Bodens außerhalb der Hütte fort. Was er fand, waren deutlich ausgeprägte Spuren, offensichtlich von verschiedenen Tieren zu unterschiedlichen Zeiten hinterlassen. Eine Fährte kam ihm eigenartig vor. Allerdings war er kein Fachmann in diesen Dingen, und so beschloß er, einen solchen zu Hilfe zu holen, nämlich den in der Gegend als Newbugs bekannten jungen Burschen. Er setzte sich in Richtung Dorf in Trab, um des nie greifbaren Jungen habhaft zu werden.

Newbugs war etwa fünfzehn oder sechzehn Jahre alt. Er gehörte zu den Menschen, die alt geboren zu sein scheinen. Vor fünf oder sechs Jahren war er zusammen mit seinem Vater, der zu Gewalttätigkeiten neigte, sozusagen aus dem Nichts im Dorf aufgetaucht. Die beiden lebten wie die Zigeuner in einer baufälligen Blechhütte an dem Schienenstrang zum Steinbruch. Bei den Dorfbewohnern hießen sie nur »Oldbugs« und »Newbugs«.* Den Dorfkindern war es verboten, in ihre Nähe zu gehen, weil sie sich »etwas holen« könnten; angeblich wimmelte es bei den beiden von Ungeziefer. Sherlock mit seiner Vorliebe für seltsame Freunde kannte Newbugs aus vielen Begegnungen im Wald; er kannte auch seine unausrottbare Leidenschaft fürs Wildern. Aber was noch wichtiger war: Newbugs wußte und konnte alles, was man zu einem erfolgreichen Leben auf dem Lande brauchte.
Ein paar Stunden später, nachdem er alle denkbaren Verstecke von Newbugs untersucht hatte, stöberte Sherlock den Jungen schließlich doch am Fuß eines Felsens auf, der auf einem isoliert liegenden Hügel stand. Dorthin zog sich Newbugs immer dann zurück, wenn er die Handgreiflichkeiten seines Vaters nicht mehr ertrug. Sie feierten ein freudiges Wiedersehen und machten sich dann, wieder glücklich beisammen, in einträchtigem Schweigen auf den Weg zurück zur Holzfällerhütte.
Bei der Hütte angekommen, führte Sherlock Newbugs zu der seltsamen Spur und fragte: »Kannst du mir sagen, von wem sie ist?«
»Ja.« Newbugs ging immer sparsam mit Worten um und sagte freiwillig nie mehr, als er gefragt war.
»Von wem?« wollte Sherlock wissen.
»Was meinst du?« antwortete sein Freund. Offensichtlich sollte Sherlock Unterricht bekommen.
»Von einem Fuchs?« riet Sherlock.
»Nein«, sagte Newbugs mit einiger Verachtung.

* »Große Wanze« und »Kleine Wanze« (Anm. d. Bearbeiters)

»Na schön, wie wär's mit einem Hund?«

»Richtig.« Newbugs grinste und nickte zustimmend. Er war zufrieden mit den Fortschritten seines Schülers.

»Hast du eine Ahnung, was für ein Hund?« fragte Sherlock.

»Ein großer«, erwiderte Newbugs.

»Ja, das sehe ich!« sagte Sherlock, den das überhebliche Gehabe des Freundes doch zuweilen störte. »Welche Rasse?«

»Da, schau.« Newbugs kniete nieder und erläuterte genau die Besonderheiten der Abdrücke.

»Ein Jagdhund, und zwar ein ganz normaler Labrador.«

»Nein!« widersprach Sherlock, erfreut darüber, daß er Newbugs bei einem Fehler ertappt hatte. »Eben kein normaler Jagdhund!«

»Was?« Newbugs war verdutzt.

»Da, schau!« fuhr Sherlock fort und deutete auf die Spur. »Da sind die beiden Hinterfüße, und da ist der linke Vorderfuß. Aber wo ist der rechte Vorderfuß? Also, Newbugs – ein dreibeiniger Jagdhund?«

Aber wenn er nun ein Lob ob seiner scharfsinnigen Beobachtung erwartet hatte, dann wurde er bitter enttäuscht. Newbugs prustete los. Bei dem Gedanken an die Überraschung, die sein Freund gleich erleben würde, konnte er vor Lachen kaum sprechen: »Wie viele Beine habe ich?« japste er.

Sherlock, dem völlig klar war, daß er auf eine Falle zusteuerte, blieb nichts anderes übrig, als zu antworten: »Zwei.«

Newbugs' Gelächter war zum Gejohle geworden. Er hob flugs ein Bein und fing an, auf dem anderen herumzuhopsen. »Und mit wie vielen mache ich Spuren?« fragte er weiter.

»Ein vierbeiniger Hund, der auf drei Beinen läuft?« rätselte Sherlock. »Aber warum?«

»Ich hab' das mal bei einem Fuchs erlebt«, stieß Newbugs hervor. »Er hatte einen Dorn in der Pfote.« Darauf brach er wieder in unbändiges Gelächter aus.

»Ein Hund mit einem Dorn in der Pfote...« murmelte Sherlock

nachdenklich. Was für ein Hund? Was hatte er bei der Hütte zu suchen? Was hatte der Dorn in der Pfote zu bedeuten? War, wie Newbugs erklärt hatte, der Hund tatsächlich deswegen auf drei Beinen gelaufen? Er mußte den Hund ausfindig machen. Das dürfte nicht zu schwer sein. Labrador-Jagdhunde waren in dieser Gegend alles andere als häufig.

Teestunde im Herrenhaus

Pünktlich um halb vier fuhr am Nachmittag des nächsten Tages vor Tante Rachels Haus eine Kutsche vor. Sie war von Oberst Turnbull geschickt und sollte die Gesellschaft zur für vier Uhr angesetzten Teestunde ins Herrenhaus bringen.

An der seit der Einladung im Hause herrschenden Unruhe hatte sich nichts geändert. Nur eine Oase der Ruhe gab es: Sherlocks Zimmer. Tante Rachel war sehr ungehalten gewesen, weil Sherlock bei der Nachricht von der Ehre, die ihnen allen zuteil geworden war, die Vermutung geäußert hatte, die Turnbulls müßten wohl etwas im Schilde führen. Von da an hatte sich das Gespräch zwischen den beiden auf Tante Rachels knappe Anweisung beschränkt, er solle dafür sorgen, daß man ihn »vorzeigen« könne. So hatte Doktor Sowerbutts ihm für den Anlaß eine neue Mütze gegeben. Sherlock wußte nämlich nur zu gut, was ihm blühte, sollte er es wagen, mit seiner alten Mütze aufzukreuzen. Als der alte Sowerbutts von Sherlocks Zwangslage erfuhr, hatte er eine Schublade durchwühlt und eine noch ungetragene Tweedmütze zutage gefördert, die ihm im vergangenen Jahr ein Freund aus Schottland geschickt hatte. Sie entsprach zwar nicht, wie er meinte, seinem Geschmack, hingegen der neuesten Mode. Sie hatte vorn und hinten einen Schirm und seitlich Ohrklappen, die man bei Nichtgebrauch umlegen und oben zusammenbinden konnte. Diese Art von Kopfbedeckung war bei den Hochwildjägern in den Highlands sehr beliebt. Sherlock fand, daß er darin recht flott aussah.

Endlich war es soweit. Die Haustür öffnete sich, und die ganze Gesellschaft trat heraus. Was für ein Anblick! Tante Rachel war von

Kopf bis Fuß mit Bändern bedeckt. Sie flatterten vom Hut, ergossen sich über das Mieder, überschwemmten in Girlanden den Rock. Wie sie so durch den Vorgarten rauschte, erinnerte sie an ein voll aufgetakeltes Kriegsschiff. Ihre Rechtfertigung für diesen übertriebenen Aufwand war, daß sie damit doch »den armen Bandwebern von Coventry helfe«. Hinter ihr schritt Onkel Gideon. Er stak in einem prall sitzenden, schwarz glänzenden Anzug. Und dann kam, umwuselt von einer immer noch an ihr herumzupfenden Mrs. Cunliffe, Charity, spitzenbesetzt wie ein Zierdeckchen und aufgeplustert wie eine Kropftaube. Das Schlußlicht bildete ein über alle Maßen verlegener Sherlock, der versuchte, sich möglichst unsichtbar zu machen. Dies jedoch erwies sich als um so schwieriger, als Tante Rachel gewillt war, dem ganzen Dorf kundzutun, wer da die Kutsche des Obersten bestieg. Zu diesem Zweck verbrachte sie fast volle fünf Minuten damit, die Insassen auf ihren Plätzen zu arrangieren wie die Puppen im Schaufenster eines Spielzeugladens, damit man sie recht deutlich sehen konnte. Erst als alle ordentlich hingesetzt waren, konnte die Fahrt losgehen.
Die Pferde fielen in Trab, die Kutsche rumpelte durchs Dorf. Tante Rachel, Onkel Gideon und Charity winkten huldvoll den entferntesten Bekannten zu und einmal sogar zwei völlig fremden Anwerbern von Milizsoldaten, die sehr überrascht waren, aber zur großen Freude der Gesellschaft in der Kutsche schneidig zurückgrüßten. Bald hatten sie das Dorf hinter sich und fuhren über Landstraßen, zu beiden Seiten braune, frisch gepflügte Äcker und lange Reihen herbstlicher Hecken, die übersät waren mit den roten Früchten von Heckenrose und Stechpalme. Wenige Minuten später schwenkte die Kutsche vom Weg ab und rollte durch das große eiserne Gittertor zum Herrenhaus.
Ranjeet, der große Inder, öffnete den Gästen die Tür und führte sie in den Salon, wo Oberst Turnbull und seine Frau sie in wohlgesetzten Worten willkommen hießen. Mrs. Turnbull saß matt auf der Chaiselongue; neben ihr lag, an sie geschmiegt, ein Spaniel.

»Wir hätten Sie schon viel früher eingeladen, Mrs. Holmes«, sagte sie müde. »Doch bedauerlicherweise kann ich nicht so viel Besuch empfangen, wie ich gern möchte.« Sie erhob sich nicht.
»Leider ist die Gesundheit meiner Frau angegriffen«, bekräftigte der Oberst. »Das Klima in Indien ist ihr gar nicht bekommen.«
In der nächsten Viertelstunde, während Tee eingeschenkt und Gebäck herumgereicht wurde, drehte sich das Gespräch um Mrs. Turnbulls schwache Gesundheit, um die unheilvollen Auswirkungen des indischen Klimas und die traurige Geschichte der Familie Holmes, insbesondere das traurige Schicksal Sherlocks. Tante Rachel zwitscherte unentwegt, und Onkel Gideon ließ von Zeit zu Zeit ein »in der Tat, in der Tat« ertönen. Er machte ein Gesicht, als habe er seit einer Woche nichts gegessen. Charity aber saß auf der Kante ihres Stuhles und verschlang den Flügel mit den Blicken, denn sie wollte unbedingt spielen und singen. Sie hatte laut verkündet, daß sie konnte und wollte, und Mrs. Turnbull hatte ihr versprochen, daß sie sollte, allerdings später.
Sherlock trat, Tasse und Untertasse in der Hand, zum Fenster. Ihm fiel auf, daß Ranjeet ihn wie eine Katze belauerte. Und er bemerkte, daß der Inder ständig mit einem schönen goldenen Siegelring spielte, den er am Zeigefinger trug. Mrs. Turnbull gab Sherlock Rätsel auf. Konnte dieses offensichtlich kranke Geschöpf die Frau sein, die am Tag seiner Heimkehr fluchtartig den Rasen verlassen hatte? Die Haltung des Kopfes und gewisse Bewegungen erinnerten ihn heftig an die Gestalt im Gartenstuhl. Doch die meiste Zeit schien keinerlei Ähnlichkeit vorhanden. Nur, wenn die Frau auf dem Rasen nicht Mrs. Turnbull gewesen war, wer war es dann gewesen? Und, vielleicht noch wichtiger, wo war diese Frau jetzt?
Während Sherlock noch überlegte, ging die Tür auf, und herein kamen ein großer, schlanker, schnurrbärtiger Armeeoffizier um die dreißig und der blonde, arrogante junge Mann, der den Wolfshund auf ihn gehetzt hatte. Auf das Zusammentreffen mit ihm war Sherlock am meisten gespannt gewesen.

»Ah«, sagte der Oberst, »Jasper Moran, mein Neffe, und Rittmeister Cholmondely, abkommandiert zur Garnison in Preston, Fulwood-Kaserne. Meine Herren, darf ich bekannt machen? Mrs. Holmes und Familie.«
Die beiden Männer begrüßten der Reihe nach die Besucher. Und während man sich miteinander bekannt machte, fuhr der Oberst fort: »Jasper ist auf der Universität. Er bleibt bei uns, bis sein Bruder in ein paar Wochen aus Indien zurückkommt, wo er in der Armee ist. Liegt in der Familie, wissen Sie!«
»Deshalb habe ich auch keine Gewissensbisse, wenn ich den Oberst regelmäßig um Spenden für Wohlfahrtseinrichtungen des Militärs angehe«, sagte Rittmeister Cholmondely und lachte wiehernd.
»Er plagt mich ständig!« sagte der Oberst.
Onkel Gideon, animiert von der augenblicklichen Stimmung, platzte dazwischen: »Ich hab' auch einen Vetter beim Militär. Sie können sich gerne jederzeit an mich wenden, Rittmeister, Sie sind immer willkommen. Hier meine Karte!« Mit weit ausholender Gebärde zog er die Brieftasche mit den Visitenkarten.
Mittlerweile war Jasper Moran in seiner Runde bei Sherlock Holmes angekommen, und die beiden standen sich von Angesicht zu Angesicht gegenüber.
»Wir haben uns schon mal getroffen«, bemerkte Sherlock trocken.
»Ja, ich weiß«, antwortete Jasper mit aufgesetzter Höflichkeit. »Ich bedauere sehr, daß ich den Hund auf Sie losließ. Ich hielt Sie für einen dieser Burschen aus dem Dorf, die ständig hier herumschnüffeln. Sind alles Wilddiebe!«
»Ohne Zweifel«, entgegnete Sherlock, »kommen sie doch schon am hellichten Tag mit Reisetaschen in der Hand.«
Da mengte sich Oberst Turnbull ein, bemüht, die Situation zu entschärfen. »Man muß zugeben«, sagte er, »Jasper ist manchmal etwas voreilig.« Sherlock fiel auf, daß er Jasper einen warnenden Blick zuwarf.
Doch Onkel Gideon sah die Sache anders und sagte scharf: »Sher-

lock hatte hier nichts zu suchen, rein gar nichts. Ich hab's ihm damals auch gesagt. ›Du hast kein Recht!‹ hab' ich ihm gesagt. Ich bin sehr bewandert in den Rechtsvorschriften, die für das Betreten von Grundstücken gelten. Ich befasse mich nämlich beruflich mit Gesetz und Recht. Darf ich Ihnen meine Karte überreichen, Oberst?«
Und wieder zog er mit schwungvoller Gebärde seine Brieftasche.
Jetzt hielt Mrs. Turnbull den Augenblick für gekommen, Charity zum Singen aufzufordern. Rittmeister Cholmondely führte sie zum Flügel, wo es einiges Theater um den Klavierstuhl gab. Er war ihr nämlich zu niedrig. Daraufhin stellte ihn der Rittmeister höher. Nun war er ihr zu hoch, und Cholmondely schraubte ihn wieder herunter. Dann stand er zu weit weg. Rittmeister Cholmondely schob ihn etwas näher an die Klaviatur heran. Jetzt paßte Charity nicht mehr zwischen Stuhl und Flügel. Also schob der Rittmeister, aller Augen auf sich gerichtet, galant den Stuhl wieder zurück, half der jungen Dame hinauf und brachte, begleitet vom Beifall der ganzen Gesellschaft, Stuhl samt junger Dame in die richtige Position. Charity genoß jede Minute. Es gab eine kurze Pause, und dann kündigte sie geziert das erste Lied an: »Ferne Freunde.« Sie schlug einen volltönenden Akkord an und legte los.
»Und dabei behauptet sie, auf dem Klavier besser spielen zu können, als ich auf der Violine«, bemerkte Sherlock zu Jasper.
Der aber antwortete ganz unschuldig: »Ach, tatsächlich?«
Charity sang sich weiter durch ihr Repertoire. Es umfaßte neben den »Fernen Freunden« noch »Ich bin eine arme Schäferin«, »Nach ihm muß ich mich sehnen«, »Mutters Bibel« und »Das gefangene Griechenmädchen«. Als sie so weit gekommen war, hatte Onkel Gideon seinen Teller, den er vorsichtshalber bei Beginn des Gesanges hoch beladen hatte, leer gegessen. Der Kopf sank ihm auf die Brust, und die Augen fielen ihm zu. Doch Tante Rachel war auf der Hut, und jedesmal, wenn es passierte, rammte sie Onkel Gideon ihren spitzen Ellbogen in die Rippen. Dann fuhr er hoch und rief, meist an völlig unpassender Stelle, laut »Bravo!«

Schließlich war die Darbietung zu Ende, und es gab frischen Tee. Jasper wandte sich erneut an Sherlock: »Ich habe gehört, daß Sie es waren, der den toten Tramp im Wald gefunden hat.«

Aha! Möglicherweise war das der Grund für die unerwartete Einladung!

»Natty war kein Tramp«, verbesserte ihn Sherlock. »Er war ein fahrender Händler!«

»Tut mir leid, ich wüßte da keinen Unterschied«, sagte Jasper.

»Aber ich!« widersprach Sherlock entschieden. »Sehen Sie, mich faszinieren alle Menschen, unabhängig davon, welchen Platz sie im Leben einnehmen. Man könnte sagen, daß ich den Menschen studiere.«

»Jetzt auch?« Jasper lachte. »Und scheinen Ihnen diese Menschen wirklich eines eingehenden Studiums wert?«

»Allerdings, außerordentlich!« antwortete Sherlock scharf.

»Sagen Sie«, fuhr Jasper fort, »können Sie mit dem Namen Professor James Moriarty irgend etwas anfangen?«

»Nein«, antwortete Sherlock. »Sollte ich?«

»Ach, zufälligerweise ist er nur, unter anderem, der Welt größte lebende Kapazität für den binomischen Lehrsatz«, erklärte Jasper mit selbstgefälligem Grinsen. »Ich hatte die Ehre, bei ihm zu studieren.«

»Tatsächlich?« bemerkte Sherlock. »Aber sagen Sie mir, scheint Ihnen der binomische Lehrsatz eines Studiums wert?«

»Ich hätte gedacht, das versteht sich von selbst, Mr. Holmes!« tadelte Jasper. »Ein von Sir Isaac Newton aufgestellter und von Professor Moriarty ausgebauter Lehrsatz sollte wohl eines eingehenden Studiums wert sein. Vielleicht überlegen Sie doch einmal, ob Sie nicht etwas Zeit in die Beschäftigung damit investieren. Allerdings muß ich Sie wohl warnen; der Lehrsatz ist etwas schwerer zu verstehen als die Geschichten eines fahrenden Händlers.«

Er drehte sich um und wollte sich entfernen, wurde aber von Charity, die hinter ihm stand, daran gehindert. Sie fragte: »Tanzen Sie?«

»Ja«, antwortete Jasper. Schnell fügte er hinzu: »Aber nie zur Teezeit.«
»Ich schon!« sagte Charity mit gekünsteltem Kichern.
»Fast so gut, wie sie Klavier spielt«, fügte Sherlock hinzu, drehte sich um und überließ Jasper seinem Schicksal. Er blieb bei Mrs. Turnbull stehen, um ein paar Worte mit ihr zu wechseln. Dabei tätschelte er ausgiebig ihren Hund. Oberst Turnbull stand am Fenster und schaute hinaus. Dunkelheit hatte sich aufs Land gesenkt, zwischen den Bäumen hingen Nebelfetzen. Als Sherlock hinter den Obersten trat, sah er draußen, deutlich erkennbar im Schein der Öllampen, einen indischen Diener vorübergehen. Er führte zwei Hunde, einen irischen Wolfshund und einen braunen Setter, in Richtung Wald.
»Ah, wie ich sehe, haben Sie noch mehr Hunde«, sprach Sherlock den Obersten an. Der erschrak, als unvermittelt dicht hinter ihm die Stimme ertönte, und sagte dann trocken: »Ja!«
»Wieviele Hunde haben Sie eigentlich?«
»Nur die drei«, antwortete der Oberst, »die beiden da draußen und den Spaniel meiner Frau. In Indien war das anders.«
In diesem Augenblick erklang Pferdegetrappel, und der Oberst sagte: »Aha, Mrs. Holmes, Ihre Kutsche! Der Nachmittag ist wie im Flug vergangen.«
Onkel Gideon, der gerade dabei war, sich ein letztes Stück Gebäck vom Teller zu grapschen, bemerkte salbungsvoll dazu: »Ja, Oberst, *tempus edax rerum,* die Zeit verschlingt alles.« Und damit stopfte er den Kuchen in den Mund.
Dann sagte jeder jedem auf Wiedersehen. Charity verabschiedete sich mindestens drei-, wenn nicht viermal von Jasper Moran und Rittmeister Cholmondely. Tante Rachel vollführte ein großes Getue mit dem Obersten und Onkel Gideon mit dessen Frau. Sherlocks Abschied war kurz und höflich. Er wollte endlich fort.
Als sie aus der Haustür traten, brachte es Sherlock irgendwie fertig, daß er seine Mütze verlor. Doch damit nicht genug – beim Versuch,

sie wieder aufzuheben, kickte er sie die Stufen hinunter. Er lehnte die Hilfe des Dieners ab, rannte hinterher, ließ sich zum peinlichen Entsetzen von Tante Rachel und Onkel Gideon in der Einfahrt auf alle Viere nieder und kroch halbwegs in die Büsche, um die Mütze wiederzuholen. Als Ergebnis dieses Manövers herrschte in der vom Haus fortrollenden Kutsche eisiges Schweigen. Nun hatte er ihnen allen zum Schluß doch noch Schande gemacht!
»Auf allen Vieren!« klagte Onkel Gideon kopfschüttelnd. »Wie ein Gassenjunge!«
Auf den Stufen zum Haus stand ein breit grinsender Jasper. Sherlock hob die Hand, krümmte die Finger zu einem Winken und grinste zurück.
Doch damit waren die Pannen noch nicht zu Ende. Die nächste kam, als die Kutsche das Tor erreichte. Sherlock rief unvermittelt, er brauche Luft, schob das Fenster herunter und steckte den Kopf hinaus. Tante Rachel und Charity kreischten laut, als ein Schwall kalter Luft hereinströmte, und Onkel Gideon fing an zu bibbern und gab ein Schnarren von sich wie eine Spielzeuguhr.
Genau in dem Augenblick, als die Kutsche die Torpfosten passierte, zog Sherlock den Kopf zurück. Seine Mütze aber blieb oben am Fensterrahmen hängen und fiel auf den Weg. Sherlock rief laut, die Kutsche solle anhalten. Onkel Gideon gab Gegenorder, sie solle weiterfahren. »Zum Teufel mit der Mütze! Wenn der Junge nicht besser auf sie aufpassen kann, dann verdient er keine.«
Aber Tante Rachel, die überlegte, daß sie ihm wohl eine neue kaufen müßte, wenn die alte verlorenginge, bestand darauf, daß man die Mütze mitnehme. Also mußte die Kutsche anhalten, und Sherlock stieg aus, um seine Kopfbedeckung wiederzuholen. Er nahm sich eine Wagenlaterne, um den Weg zu beleuchten, und begab sich zum Tor zurück. Er wußte genau, wo die Mütze lag, tat aber so, als müsse er erst danach suchen. Das verschaffte ihm Gelegenheit, die beiden Torpfeiler genauer anzuschauen. Nach einer Weile murmelte er: »Aha! Genau wie ich mir's gedacht habe.« Dann hob er

seine Mütze vom Weg auf, klatschte sie sich auf den Kopf und marschierte beschwingt zur Kutsche zurück.
Als sie weiterfuhren, pfiff er vergnügt durch die Zähne. »Hör auf!« fuhr ihn Onkel Gideon an. Den Rest des Heimweges legten sie schweigend zurück. Sherlock aber war so aufgekratzt, daß er die Nacht kaum schlief.

Der Zigeuner

Am nächsten Morgen stand Sherlock früh auf, denn er wollte sich möglichst bald drücken und ins Doktorhaus gehen. Dessen Bewohner waren die einzigen Menschen, denen er vertrauen konnte. Aber wie es so geht, es kam eins zum anderen, und erst nach dem Mittagessen gelang es ihm, sich von Tante Rachel loszueisen. Gegen drei Uhr saß er dann endlich in der Praxis und konnte die Erlebnisse des vergangenen Tages loswerden.

»Warum, frage ich euch, verschweigt Oberst Turnbull einen Hund?« Sherlock sagte das mit der Miene eines Mannes, der ein Kaninchen aus dem Zylinder zieht.

»Was zum Kuckuck meinst du damit?« fragte John Whitney.

»Er behauptet, daß er nur drei Hunde besitzt«, fuhr Sherlock fort. »Den Wolfshund, den Spaniel, den sich seine Frau als Schoßhund hält, und einen braunen Setter als Jagdhund. Doch wenn mich nicht alles täuscht, wird sich unter dem Mikroskop zeigen, daß dieses Haar, das ich von Mrs. Turnbulls Kleid entfernte, von einem schwarzen Labrador stammt.«

»Guter Gott!« rief Doktor Sowerbutts. »Woher willst du das wissen, junger Mann?«

»Newbugs hat mir erklärt, daß die Spuren bei der Hütte von einem Apportierhund stammen. Als mir gestern versehentlich die Mütze herunterfiel, entdeckte ich gleiche Spuren auf der Auffahrt vor dem Herrenhaus. Es muß also irgendwo einen Apportierhund geben. Dieses Haar hier ist deutlich schwarz. Der Wolfshund hat ein graues Fell, und die beiden anderen Hunde, der Setter und der Spaniel, sind braun. Daraus folgt, daß das schwarze Haar von einem

Hund stammen muß, den ich nicht sah – mit anderen Worten, vom Apportierhund. Es scheint also, daß der Oberst aus irgendeinem Grund einen schwarzen Apportierhund verschweigt. Aber warum?«

Niemand hatte die leiseste Ahnung.

»Außerdem«, fuhr Sherlock fort, »wird sich zeigen, daß dieses zweite Haar hier vom selben Hund stammt.« Er reichte es John Whitney. Der nahm es und fragte:

»Und woher hast du das?«

»Von Natty Dans Hose. Am Morgen, als ich ihn tot fand, nahm ich es mit. Aber da ist noch etwas...«

Seine Zuhörer blickten einander resigniert an.

»Laut Sergeant Grimshaw hat man Natty Dan vom Herrenhaus fortgejagt. Aber als ich gestern die Torpfeiler untersuchte, entdeckte ich auf dem einen dieses frische Kreidezeichen.« Sherlock malte ein großes V auf ein Blatt und unmittelbar darüber ein zweites, nur umgekehrt. »Das ist der unter den Fahrenden übliche Zinken für ›gutes Haus‹ und bedeutet in ihrer Sprache ›Knochen‹. Damit wissen alle, die später vorbeikommen, daß es in diesem Haus etwas gibt. Natty mag ein Lügner gewesen sein, aber seine Gefährten auf der Straße hätte er bestimmt nie auf diese Weise irregeführt.«

»Du meinst also, die Turnbulls haben Grimshaw belogen, als sie verneinten, ihn hereingebeten zu haben?« fragte Charlotte.

»Allerdings«, antwortete Sherlock. »Noch seltsamer an der ganzen Sache ist, daß sich auf beiden Pfosten eine Menge anderer Zeichen findet, alle ziemlich neu und offensichtlich von verschiedener Hand hingemalt. So sehen sie aus.« Sherlock malte ein Quadrat. »Auch das ist ein Zinken, er bedeutet ›Kittchen‹. Gemeint ist, daß man hier Gefahr läuft, aufgegriffen und eingesperrt zu werden. Wir haben es also mit der Warnung vor einem schlechten Haus zu tun. Warum aber soll ein für Landfahrende im Normalfall schlechtes Haus sich für Natty Dan ins Gegenteil, nämlich zum guten Haus, verkehrt haben? Was war so Besonderes an Natty Dan?«

Er wartete die Antwort auf seine Frage nicht ab, erhob sich, schritt aus dem Zimmer und verließ das Haus.
»Ein Teufelskerl, dieser Junge!« sagte Doktor Sowerbutts, nachdem Sherlock draußen war.
»Wirklich erstaunlich«, stimmte ihm John Whitney bei. Er beugte sich über das Mikroskop auf seinem Arbeitstisch und fragte: »Warum hast du Sherlock nicht erzählt, daß du Post von seiner Großmutter hast, Charlotte?«
»Ja, das hätte ich wohl tun sollen, aber ich hab's nicht übers Herz gebracht«, antwortete sie.
Sherlocks Großmutter mütterlicherseits war Französin und lebte in Paris. Sie war die Schwester des vor knapp neun Jahren gestorbenen bekannten Schlachtenmalers Horace Vernet. Bei einem Besuch in Pendargh hatte sie sich mit Charlotte Whitney angefreundet. Seitdem schrieben sich die beiden regelmäßig. Sherlocks Eltern hatten sich, als die Geschichte passierte, zunächst zu ihr geflüchtet. Aus dem letzten Brief an Charlotte ging hervor, daß sie sich zur Zeit irgendwo in Europa herumtrieben und, wie es schien, kaum daran dachten, in absehbarer Zeit nach England zurückzukehren. Sherlocks Bruder Mycroft war gerade bei ihnen gewesen und hatte sie begleitet. Es sah also ganz danach aus, als sei Sherlock dazu verdammt, bei Tante Rachel zu bleiben.
»Ich an deiner Stelle würde es ihm überhaupt nicht erzählen«, meinte der alte Sowerbutts. »Nie! Du kennst doch die Holmes, die sind einfach nicht unterzukriegen! Sie erinnern mich immer an einen Korken in einem Strudel.«
»Vielleicht hast du recht, Onkel«, stimmte Charlotte zu. »Vielleicht ist es das Beste.«
Gerade da blickte John Whitney von seinem Mikroskop auf und sagte: »Stell dir vor, George, die beiden Haare sind vom selben Tier; wahrscheinlich ist es ein schwarzer Apportierhund.«
»Lieber Himmel«, antwortete Doktor Sowerbutts, »meinst du etwa, an der Geschichte könnte wirklich etwas dran sein?«

»Keine Ahnung«, erwiderte John Whitney. »Es sieht nur ganz so aus, als hätte er mit dem Hund recht. Nur, warum sollte der Oberst einen Hund verstecken?«

Genau diese Frage beschäftigte auch Sherlock, während er nach dem Verlassen des Doktorhauses zum Wald lief. Er war einfach zu aufgedreht, um sich gleich wieder in die beklemmende Atmosphäre von Tante Rachels kleinem steifen Haus zurückbegeben zu können. So tief in Gedanken war er, daß er noch nicht einmal den Zigeuner bemerkte, der unvermittelt vor ihm auftauchte. Als der Mann Sherlock sah, verschwand er blitzschnell im Unterholz. Er wartete, bis Sherlock vorübergegangen war, trat dann wieder auf den Weg und lief hinterher. Derselbe Zigeuner erschien kurze Zeit später – es war inzwischen dunkel geworden – beim Herrenhaus. Er schleppte einen unförmigen, in eine Decke gewickelten Gegenstand auf der Schulter.

Zehn Minuten später beobachtete Newbugs, der beim Schlingenlegen war, den Zigeuner, wie dieser tiefgebückt irgend etwas mit Farn und Blättern bedeckte. Nach ein paar Minuten richtete sich der Zigeuner wieder auf, spähte in die Runde und verschwand. Newbugs schlich geräuschlos zu der Stelle, wo der Zigeuner gewesen war, und sah unter dem Farnkraut ein paar Füße herausragen, die in schwarzen Schuhen steckten. Er ließ seine Schlingen fallen und rannte, was die Beine hergaben, ins Dorf zu Tante Rachels Haus. Hier hämmerte er mit den Fäusten gegen die Tür und schrie laut: »Sherlock! Sherlock!«
Daraufhin flog im Obergeschoß ein Fenster auf, und Tante Rachel steckte den Kopf heraus. Sie keifte: »Verschwinde von hier, du kleiner Nichtsnutz! Sherlock ist nicht da!« Sie zog sich zurück, und das Fenster schlug mit lautem Scheppern wieder zu.
»Eine Leiche, Missus«, brüllte Newbugs hinauf. »Schon wieder ’ne Leiche! Drüben im Wald!«

Erneut flog das Fenster auf. »Was?« kreischte Tante Rachel. Allmählich öffneten sich ringsum noch mehr Fenster.
Als der Aufruhr so weit gediehen war, erschien John Whitney auf der Bildfläche. Er kam gerade von einem Krankenbesuch bei einem Bauern, dessen Kind Keuchhusten hatte. Und dann dauerte es nicht lange, bis Newbugs, John Whitney und der Polizeisergeant auf dem Weg zum Fundort der Leiche waren.
»Da! Sehen Sie, da!« rief Newbugs und deutete mit dem Finger.
»Gut, dann geh mal beiseite!« sagte Grimshaw, die Laterne schwenkend. »Laß den Fachmann ran.« Er fing an, die Farnwedel vom Gesicht wegzuräumen. Sogar er war von dem, was er fand, überrascht.
»Gott im Himmel, Sir!« Er richtete sich auf und drehte sich zu John Whitney um, der ein paar Schritte hinter ihm stand. »'s ist der Holmes-Junge!«
Es war tatsächlich Sherlock Holmes, der hier lag, bewegungslos, blaß, die Augen geschlossen. John Whitney trat erschrocken näher und beugte sich über die Leiche. Da öffnete diese die Augen, richtete sich auf, und Sherlock sagte, wobei er Sergeant Grimshaw anschaute: »Das reicht aber wirklich nicht, Sergeant. Was ist das denn für eine klägliche Leichenrede: ›Gott im Himmel, 's ist der Holmes-Junge!‹« Und dabei ahmte er gekonnt den Yorkshire-Dialekt des Mannes nach.
John Whitney, zu ärgerlich, um Erleichterung zu spüren, fauchte: »Was in Dreiteufelsnamen wird hier gespielt?«
Newbugs lachte und versuchte sich davonzustehlen. Aber Grimshaw packte ihn beim Kragen und sagte ebenso ärgerlich: »O nein, Bürschchen, du bleibst schön hier. Für diesen Streich mußtet ihr zu zweit sein, das ist mal sicher.«
»Nein«, sagte Sherlock und stand auf. »Ich versichere Ihnen, Sergeant, er war nicht an meinem Täuschungsmanöver beteiligt. Hier haben Sie das, was er gefunden hat.« Und er holte hinter einem nahen Baum eine Schaufensterpuppe hervor. Sie stak in einem Abend-

anzug. »Hier haben Sie Ihre Leiche, Sergeant«, sagte Sherlock und überreichte ihm die Puppe.
»Sag bloß, du hast uns deswegen hierhergeschleppt!« John Whitneys Ärger richtete sich nun gegen Newbugs.
Der quäkte: »Das wußte ich doch nicht, Sir. Es sah ganz so aus wie 'ne Leiche, Sir! Ehrlich, so war's!«
»Dürfte verloren oder gestohlen sein. Zigeuner!« schnaubte Grimshaw.
»Mach doch kein so finsteres Gesicht, John« sagte Sherlock. »Du solltest dich lieber freuen, daß ich noch unter den Lebenden weile.«
»Also, um ganz ehrlich zu sein«, antwortete John Whitney, »ich bin mir nicht ganz sicher, ob ich mich freue.«
Er machte kehrt, der Sergeant ebenso, und die beiden Männer schritten durch den dunklen Wald davon. Vor ihnen her tanzte wie ein Irrlicht der Schein aus der Blendlaterne des Sergeants.
Newbugs und Sherlock schauten sich verständnislos an und zuckten die Achseln.

Als Sherlock dann gegen halb sieben nach Hause kam, fand er die ganze Gesellschaft in ihren besten Gewändern, verärgert und fürchterlich nervös im Salon sitzen. Hatte er denn vergessen, daß sie zum Konzert um sieben Uhr in Longridge sein sollten? Ja, das hatte er. Alle schüttelten den Kopf. Das war ja nicht zu fassen! Wo er denn bloß gewesen sei, und was er gemacht habe? Aber als er berichtete, wurden sie noch ärgerlicher.
»Ein dummer Streich war's, Bürschchen«, ereiferte sich Onkel Gideon fast schreiend. »Kindisch! Kindisch *und* blöd! Überhaupt nicht witzig!«
»Ganz meine Meinung«, sagte Tante Rachel.
»Führt Sergeant Grimshaw an der Nase herum!« ereiferte sich Onkel Gideon weiter. Er sah aus, als wolle ihm eine Ader platzen.
Sherlock aber sagte gelassen: »Ich hab's nur erzählt, weil ich glaubte, daß in diesem Haus vor allem Ehrlichkeit geschätzt wird.«

Das stoppte fürs erste die Schimpfkanonade.
Onkel Gideon faßte sich als erster wieder: »Das wird sie, das wird sie! So ist's heute, so war's gestern und so wird's auch morgen sein!«
Und Tante Rachel hieb in dieselbe Kerbe: »Es hat dir, lieber Sherlock, hoffentlich niemand von uns je das Gefühl gegeben, es sei falsch, die Wahrheit zu sagen. Du hast natürlich vollkommen richtig gehandelt.«
Und Onkel Gideon stimmte ein: »In der Tat, in der Tat! Alles was recht ist! Was wahr ist, muß wahr bleiben. Und damit basta!«
Charity war enttäuscht, daß das Gewitter schon vorüber war.
»Aber jetzt solltest du dich beeilen, Junge«, fuhr Onkel Gideon fort. »Das Konzert fängt um sieben an.«
Sherlock bat allerdings, ihn zu entschuldigen, da er, wie er sagte, Kopfweh habe; vielleicht sei eine Grippe im Anzug. Also fuhr die Gesellschaft unter viel Getue ohne ihn in der Mietdroschke fort.
Sherlock legte sich aufs Bett und ließ sich die Ereignisse des Tages noch einmal durch den Kopf gehen. Hatte die Schaufensterpuppe irgendeine Bedeutung? Warum war sie fortgeworfen worden? Solche Diebstähle galten für gewöhnlich den Kleidern. Aber die Puppe war mit den Kleidern weggeworfen worden. Das gab keinen Sinn.
Er schob die Hände unter den Kopf, streckte sich aus und schloß die Augen. Da erklangen unten im Haus gedämpft die Töne einer Ziehharmonika, und eine Männerstimme begann zu singen:

»Das Leben trieb mich weit umher,
gesehen hab' ich viel.
Doch in dem großen Weltenmeer
führt eigner Kurs nur zum Ziel.«

Sherlock setzte sich auf und horchte.

»Ich wünsche wenig, bin bescheiden,
wenn nur die Pflicht getan.
Ich schiffe ohne Streit und Leiden
im großen Lebensozean.«

Sherlock erhob sich vom Bett, trat aus dem Zimmer und ging langsam die Treppe hinunter und zur Küche, aus der die Töne kamen. Er öffnete die Tür einen Spalt und spähte hinein. An der einen Seite des Herdes saß mit dem Rücken zu ihm Mrs. Cunliffe und strickte; an der anderen saß ein großer, gut gebauter, einfacher, aber sympathischer Mann. Er trug eine Uniform der London & Northwestern Eisenbahngesellschaft, wie Sherlock sofort erkannte.

Als die Tür ganz aufschwang, blickte der Mann auf. Angesichts des Eintretenden stellte er sofort sein Spiel ein. Mrs. Cunliffe wandte den Kopf. Sherlocks unerwarteter Anblick brachte sie sofort auf die Füße, und sie sagte: »Oh, Mr. Sherlock! Ich hab' gedacht, die ganze Familie ist im Konzert.«

»Außer mir, Mrs. Cunliffe«, antwortete Sherlock. Er machte eine Geste zu dem Eisenbahner hin. »Nun, wollen Sie uns nicht bekanntmachen?«

Der Eisenbahner, der ebenfalls aufgestanden war, streckte die Hand aus und ging auf Sherlock zu: »Tom Hudson, Sir. Wie geht's immer? Hab' schon viel über Ihn' gehört, von meiner kleinen Liza Ann hier. Ist mächtig angetan von Ihn', wirklich.«

»Tom«, sagte Mrs. Cunliffe mit sanftem Tadel. »Halt dich zurück! Natürlich macht er sich normalerweise in meiner Küche nicht so breit, Mr. Sherlock.«

»Ich weiß, die gnädige Frau mag keine Verehrer.« Tom Hudsons Ton ließ keinen Zweifel daran, daß er seine »Verehrung« fortzusetzen gedachte, ob nun von Tante Rachel gebilligt oder nicht.

Sherlock lächelte Mrs. Cunliffe an und sagte: »Davon haben Sie mir aber nie etwas erzählt. Geheimnisse, hm?«

Mrs. Cunliffe antwortete ganz offen: »In all den Jahren, seit mein armer lieber Jack in Indien fiel, ist Mr. Hudson der erste Mann, der es mir angetan hat.«

»Nun, ich will nicht stören«, sagte Sherlock und wandte sich zum Gehen. Aber Mrs. Cunliffe faßte ihn am Arm und zog ihn zum Feuer. »Hier, setzen Sie sich. Wie wär's mit einer schönen Tasse Tee?«

»Danke, Mrs. Cunliffe, gern!« Sherlock setzte sich. Auch Hudson nahm wieder Platz, und Mrs. Cunliffe goß allen Tee ein. Die anheimelnde Szene in der Küche war wieder hergestellt, und Sherlock gehörte nun dazu.
»Spielen Sie doch weiter«, sagte er zu Tom. »Das Lied gefällt mir, deswegen bin ich heruntergekommen.«
Hudson griff wieder nach der Ziehharmonika und sang weiter:

»Deinen Nächsten lieb wie das eigene Ich,
wie die Welt, die rundum drehet sich...«

In den folgenden Refrain fiel auch Mrs. Cunliffe ein:

»Laß nicht treiben voll Trägheit des Lebensschiffs Kiel,
nur eigener Kurs führet zum Ziel.«

»Ich hab's Harry Clifton selbst singen hören, als er im letzten Jahr zur Getreidebörse nach Preston gekommen war«, sagte Mrs. Cunliffe zu Sherlock.
»Wart nur, Liza Ann«, meinte Tom Hudson. »Wenn du erst meine Frau bist und mit mir in meinem gemütlichen kleinen Haus in London wohnst, dann gehen wir in alle die Varietés: das ›Alhambra‹, das ›Canterbury‹, das ›Oxford‹, das ›Old Mo‹...«
»Das ›Old Mo‹?« rief Sherlock.
»Das Middlesex-Varieté, Mr. Holmes«, erklärte der Eisenbahner. »In der Drury Lane. In dem Haus war eine Zeitlang die Mogul-Spielbank, und irgendwie ist der Name hängengeblieben.«
»Biene Old Mo!« Sherlock wiederholte laut Natty Dans letzte Botschaft. »So ist das also! Biene – eine Frau und Old Mo – ein Varieté-Theater. Eine Frau in einem Varieté. Ich glaube, ich weiß, was mir Natty Dan mit seiner letzten Botschaft hatte sagen wollen. Danke, Tom!« Sherlock hastete aus der Küche.
Mrs. Cunliffe und Tom Hudson sahen ihm nach.
»Was hab' ich nu' eigentlich gesagt?« fragte Hudson.
Mrs. Cunliffe schüttelte ratlos den Kopf.

Das Rätsel der Puppen

Gegen elf am Vormittag des nächsten Tages rollte ein großer, geschlossener, von Pferden gezogener Wagen über die Auffahrt zum Herrenhaus. An seiner Seitenwand prangte in großen, schön gemalten Buchstaben: »H. McTaggart, Photograph, Great Avenham Street, Preston«.

Damals arbeiteten die Photographen noch mit großen Plattenkameras, und der Wagen enthielt nicht nur das ganze Drum und Dran, er diente auch als fahrbare Dunkelkammer zum Entwickeln der Platten.

Der Fahrer war ein großer, schlanker Mann undefinierbaren Alters mit einem rötlichen Gesicht, brandrotem Haar und einem wilden, ebenso roten Backenbart. Beim Herrenhaus stellte er sich als Hamish McTaggart vor. Er käme im Auftrag des Gouverneurs, um die Turnbulls zu photographieren. Der Gouverneur wolle nämlich alle angesehenen Familien Lancashires in einem Porträtarchiv verewigen. Es gab einiges Hin und Her mit Ranjeet, weil offensichtlich mit der Verabredung etwas schiefgegangen war und man sein Kommen nicht erwartet hatte. Aber schließlich ließ man ihn doch herein, und er verbrachte ein paar Stunden damit, eine Serie von Aufnahmen von Oberst und Mrs. Turnbull, Jasper und dem Dienstpersonal zu machen.

Wenig später am gleichen Tag lagen auf einem Stuhl in McTaggarts Studio in Preston nicht nur McTaggarts Hut, Mantel und Anzug, sondern auch sein Haarschopf und Backenbart. »Woher hast du bloß diesen fürchterlichen Bart?« fragte *Hector* McTaggart, der echte McTaggart und Photograph. »Als du mir erzähltest, du woll-

test dich für meinen Vetter ausgeben, hast du mit keinem Wort gesagt, daß du diese gräßlichen Sachen tragen wirst.«
»Zufälligerweise habe ich keine anderen«, antwortete Sherlock, der gerade dabei war, den letzten Rest seiner rötlichen Gesichtsfarbe mit einem Tuch zu entfernen. »Perücken und Bärte sind teuer.«
McTaggart lachte. »Hör zu, du bist gar kein schlechter Photograph. Wenn du je eine Beschäftigung suchen solltest...«
Sherlock kannte den liebenswerten McTaggart, seit man ihn als Fünf- oder Sechsjährigen, angetan mit einem weißen Matrosenanzug, in die Great Avenham Street geführt hatte, zum Photographieren vor einer zwei Meter hohen und ebenso breiten Kulisse mit vor Spitehead ankernden Panzerschiffen. McTaggart war damals ein junger Mann von zweiundzwanzig Jahren und noch neu in der Stadt. Seine Förderung durch die Familie Holmes hatte viel dazu beigetragen, daß er geschäftlich Fuß fassen konnte. Von ihm hatte Sherlock im Laufe der Jahre alles gelernt, was er über das Photographieren wußte.
Sherlock schrieb ein paar Zeilen und steckte die Notiz zusammen mit einer Photographie in einen großen Umschlag, den er an Mr. T. Hudson, Schaffner, c/o London & Northwestern Eisenbahngesellschaft, Bahnhof Euston, adressierte.
»Dank für alles, Hector«, sagte er und wandte sich zum Gehen.
»Schon gut, Junge, du bist immer willkommen. Nur hätte ich eigentlich zu gerne gewußt, was du vorhast«, rief McTaggart Sherlock nach, der schon mit schnellem Schritt den Weg zum Bahnhof einschlug. Dort übergab er den Umschlag einem Angestellten der Eisenbahngesellschaft, der ihm versprach, den Brief mit dem nächsten Zug nach London befördern zu lassen.

Die nächsten Tage vergingen quälend langsam. Sherlock konnte nichts tun, solange er keine Nachricht von Tom Hudson hatte. Am Morgen des vierten Tages hielt er die Untätigkeit nicht länger aus. Er beschloß, Sergeant Grimshaws Zorn zu riskieren und aufs Revier

zu gehen, um zu hören, ob es etwas Neues gäbe. Zu seinem größten Erstaunen begrüßte ihn der Sergeant sehr freundlich: »Hallo, junger Mann, was kann ich für dich tun?«
»Haben Sie inzwischen herausgefunden, woher die Schaufensterpuppe stammt?« fragte Sherlock.
»Clitheroe«, antwortete der Sergeant mit einem strahlenden Lächeln. »Sie wurde in Clitheroe gestohlen.«
»Aber das ist doch kilometerweit weg«, staunte Sherlock.
Doch der Polizist gab noch mehr preis: »Sind 'ne ganze Menge gestohlen worden. Insgesamt sechs Diebstähle wurden gemeldet, über die ganze Grafschaft verteilt: in Preston, Darwen, Garstang, Adlington, Rawtenstall und hier bei uns in Pendargh, nicht zu vergessen.«
»In der Reihenfolge, wie Sie es aufzählten?« fragte Sherlock.
Grimshaw blätterte ein Weilchen in einem Stoß Papiere und sagte dann: »In dieser Reihenfolge. Und immer die gleiche Geschichte, mein Junge. Man hat Zigeuner in der Gegend gesehen. Die einzige Puppe, die bisher wieder aufgetaucht ist, ist unsere hier.«
»Sehr interessant«, sagte Sherlock. »Ich danke Ihnen.« Er war schon im Weggehen, da rief ihn der Sergeant noch einmal zurück.
»Nicht so schnell, Junge. Jetzt, wo ich dich mit Informationen versorgt habe, läßt vielleicht auch du was verlauten.«
Sherlock dachte bei sich: Er soll sich bloß nicht einbilden, daß ich ihm von ›Old Mo‹ erzähle. Doch Grimshaw hatte seine Bemühungen in dieser Hinsicht längst aufgegeben. Er hatte anderes im Sinn, denn er sagte: »Diese Mrs. Cunliffe?«
»Mrs. Cunliffe?« Sherlock war höchlichst erstaunt. »Was ist mit ihr?«
»Wo steckt eigentlich ihr Mann?« fragte der Sergeant.
»Der ist tot. Schon lange. In Indien ums Leben gekommen«, gab Sherlock Auskunft und fügte schnell hinzu: »Nichts Verdächtiges, wissen Sie. Er war Soldat.«
Grimshaw strahlte: »Ach, sie ist Witwe?«

»Genau!« Sherlock war völlig außerstande zu erkennen, welches Ziel der Sergeant mit seiner Fragerei verfolgte.
»Ist eine gutaussehende Frau, deine Mrs. Cunliffe, wirklich eine gutaussehende Frau. Kann sie kochen?«
»Ausgezeichnet!« antwortete Sherlock.
»Ach, das ist gut, wirklich gut. Es ist sehr wichtig, daß sie kochen kann. Ich bin dir sehr dankbar, mein Junge. Einen schönen guten Tag wünsche ich.«
Sherlock ging nach Hause ohne die leiseste Ahnung, was der Sergeant gewollt haben konnte, und mehr denn je davon überzeugt, daß er ein äußerst eigenartiger Mensch war.

Genau zu dem Zeitpunkt, da Sherlock aus Sergeant Grimshaws Haus trat, kam es im Herrenhaus zu einem unvorhergesehenen Zwischenfall. Es begann ganz harmlos damit, daß Oberst Turnbull sich aus seinem Sessel erhob und mit dem Glas in der Hand zur Anrichte ging. In einem zweiten Sessel saß Jasper und reinigte seine Flinte. Mrs. Turnbull ruhte zurückgelehnt auf dem Sofa und hatte die Augen geschlossen. Vor ihr stand ein Tischchen mit einer angefangenen Patience. Im Raum war es still, man hörte nur den langsamen Pendelschlag der Standuhr. Dann klirrte der Glasstöpsel, der aus einer Karaffe gezogen wurde.
Jasper sagte, ohne von seiner Beschäftigung aufzublicken: »Du solltest aufhören, dieses Zeug zu trinken.«
Der Oberst, in der einen Hand die Karaffe, in der anderen den Stöpsel, zögerte. Dann verstöpselte er die Karaffe wieder und stellte sie zurück. Dabei sagte er: »Na schön, ich kann's auch lassen.« Er setzte sich hin und fuhr fort. »'s ist bloß die Nervenanspannung. Es ist bald soweit, nicht wahr?«
»Um so mehr Grund, keine Fehler mehr zu machen«, sagte Jasper.
»Was meinst du damit?« fragte der Oberst frostig.
»Zum Beispiel, die Schaufensterpuppe wegzuwerfen. Das war ein ganz dummer Fehler.«

»Nicht halb so dumm, wie diesen Hausierer einzuladen«, gab der Oberst böse zurück. »*Das* hat uns den Schnüffler von der Polizei auf den Hals gebracht.«
Jasper stand auf und lehnte das Gewehr an den Sessel. »Dieser Hausierer«, sagte er, »hat uns zu wertvollen Erkenntnissen verholfen, die wir sonst nie bekommen hätten. Und überhaupt war keinerlei Risiko dabei. Das heißt, es wäre keins dabei gewesen, hättest du nicht von dem Zeug da getrunken und dann den Hund davonlaufen lassen.«
Auch der Oberst stand nun. »Jetzt hör mir mal gut zu, du aufgeblasener kleiner Wichtigtuer...« legte er los. An seinen Schläfen traten die Adern hervor.
Mrs. Turnbull auf ihrem Sofa machte die Augen auf und sagte müde: »Ach, hört doch bloß auf zu streiten. Ihr geht mir auf die Nerven.«
Der Oberst fuhr herum und stürzte sich auf den leichteren Gegner. »Ach so!« giftete er. »Wir gehen der gnädigen Frau auf die Nerven?« Er beugte sich vor und schnaubte, krebsrot im Gesicht: »Na schön! Was lungert die gnädige Frau eigentlich hier unten herum und hört uns zu? Die gnädige Frau sollte doch wohl oben sein und arbeiten!«
»Arbeiten?« gab Mrs. Turnbull gefährlich ruhig zurück. »Erzähl du mir was von Arbeiten!« Und dann entlud sich die so lange aufgestaute Spannung: »Ich arbeite mehr als ihr anderen alle!« Ihre Stimme wurde immer lauter und schriller. »Ich arbeite von morgens bis abends, Tag für Tag, schon monatelang!« Sie war der Hysterie nahe. »Immer Arbeit, nichts als Arbeit, Arbeit, Arbeit, Arbeit, Arbeit! Ich werde noch verrückt!« Sie stieß ein langanhaltendes, hohes und klagendes Kreischen aus, sank aufs Sofa zurück und brach in Tränen aus.
»Vedammter Idiot!« schrie Jasper, »da siehst du, was du angerichtet hast. Besoffen oder nüchtern, du bist ein hirnloser Dummkopf!«
In diesem Moment flog die Tür auf, und auf der Schwelle stand Ran-

jeet. Er klatschte gebieterisch in die Hände und sagte: »Ich kann ein derartiges unziemliches Benehmen nicht dulden.«
Mrs. Turnbulls heftiges Schluchzen wurde zusehends schwächer.
»Jetzt nehmt euch alle zusammen«, fuhr der Inder fort, »und geht sofort wieder an eure Arbeit.« Unter gemurmelten Entschuldigungen drückten sich der Oberst und Mrs. Turnbull an ihm vorbei aus dem Zimmer. Als Jasper die Tür erreichte, hielt ihn der Inder mit erhobener Hand zurück und sagte: »Mrs. Turnbull gibt mir Anlaß zur Sorge. Die übergroße Anspannung scheint sich auszuwirken. Aber gerade *sie* ist unentbehrlich. Ich schlage vor, den Professor kommen zu lassen, damit er sie wieder ›aufrichtet‹.«
»Ist gut«, antwortete Jasper demütig. »Ich kümmere mich darum.«
Er verließ ebenfalls das Zimmer. Der Inder schloß hinter ihm die Tür, trat lautlos ans Fenster und starrte finster hinaus auf die frühwinterlichen Wälder. Vom Wagenschuppen her war wieder Gehämmer zu hören.

Hätte Ranjeet den Wald mit seinen Blicken durchdringen können, dann hätte er Sergeant Grimshaw gesehen, der auf allen Vieren nach Pilzen suchte. Es gab hier nämlich schöne Pfifferlinge, die gern in Buchenwäldern wachsen. Der Sergeant legte seine Beute auf ein großes rotgepunktetes Halstuch. Als er die vier Enden aufnahm, um sie zusammenzuknoten, fiel sein Blick auf ein Stück schwarzes Gummiband. Er nahm es und band damit sein Bündel zu.
Kurze Zeit später erschien er bei Mrs. Cunliffe in der Küche, in der einen Hand die Pilze, in der anderen ein geschlachtetes Kaninchen. Wie ein Marktweib seine Waren, so breitete er seine Schätze auf dem blankgescheuerten Tisch aus und sagte erwartungsvoll: »Ich dachte, wenn ich das Kaninchen liefere, dann liefern Sie vielleicht zu gegebener Zeit die Pastete.«
»Mir scheint, Sie belieben zu scherzen, Sergeant Grimshaw«, antwortete Mrs. Cunliffe, ohne sich beim Kehren stören zu lassen.
»Und noch etwas habe ich Ihnen mitgebracht«, fuhr der Sergeant

fort. Er schlug sein Halstuch auseinander und zeigte ihr die Pilze. »Selbst gesammelt, jeder einzelne. Es gibt nichts Besseres in einer Kaninchenpastete, Mrs. Cunliffe, habe ich recht?«
In diesem Augenblick klopfte es an die noch ein Stück offenstehende Küchentür. Sie ging auf, und da stand Tom Hudson. Er musterte den Polizisten durchdringend und sagte betont: »Ich störe doch nicht?«
»Oh, Mr. Hudson! Aber gar nicht, kommen Sie nur herein!« Mrs. Cunliffe stellte den Besen in die Ecke.
Hudson trat ein. Sein Blick wanderte von Grimshaw zu dem Kaninchen und von den Pilzen wieder zu Grimshaw. Er gab Mrs. Cunliffe einen Wink, zu ihm zu kommen, und sagte ihr dann leise ins Ohr: »Ich würde gern mit dem jungen Sherlock sprechen. Ich hab', was er wollte.«
»Ich hole ihn«, sagte Mrs. Cunliffe. »Sie beide machen sich inzwischen miteinander bekannt.«
Sobald sie draußen war, richteten sich beide Uniformträger zu ihrer vollen Größe auf und beäugten einander wie zwei Kampfhähne. Schließlich sagte Tom Hudson: »Also dann, wer sind Sie?«
Als Mrs. Cunliffe fünf Minuten später mit Sherlock zurückkam, stand nur noch ein selbstzufrieden lächelnder Tom Hudson in der Küche. Mrs. Cunliffe schaute sich suchend um und fragte: »Wo ist Sergeant Grimshaw?«
»Ich habe ihn ein bißchen auf Trab gebracht«, antwortete Hudson leichthin.
»O Tom, du wirst doch nicht etwa...« Mrs. Cunliffe war ehrlich bekümmert. Mochte Sergeant Grimshaw auch ein Narr und eine Plage sein, er war immerhin der Vertreter des Gesetzes.
»Ich kenne diese Burschen«, fuhr Tom fort. »Gib ihnen einen Tisch, unter den sie ihre Füße strecken, und eine Pastete, in die sie ihre Zähne schlagen können, und du wirst sie nie wieder los. Stell dir vor, hatte der doch die bodenlose Frechheit, dich als Köchin zu bezeichnen.«

»Männer denken eben immer nur ans Essen.« Mrs. Cunliffe lächelte und machte sich am Herd zu schaffen.
»Schön, Tom«, sagte Sherlock, »ich sehe, Sie haben meine Botschaft bekommen.«
Der Schaffner antwortete: »O ja. Und ich hab' genau das getan, worum Sie mich gebeten hatten. Ich bin mit dem Foto ins ›Old Mo‹ und hab's ein bißchen rumgezeigt. Man kennt sie gut. Sie hat dort gearbeitet.«
»Sieh an«, sagte Sherlock. Endlich schien er ein Stück voranzukommen.
Hudson fuhr fort: »Heißt Bessie Bright. Ist scheint's einigermaßen bekannt, oder besser war's. Trat mit Monologen auf, als Charakterdarstellerin, hat Personen imitiert und so was. Verschwand vor zwei Jahren und ist seitdem nicht wieder aufgetaucht.«
»Danke Ihnen, Tom«, sagte Sherlock, »das hilft mir ein ganzes Stück weiter.«
»Und noch was«, sagte Hudson. »Traf auf dem Weg hierher im Dorf einen alten Freund, Alf Prendergast. Ist jetzt Stationsvorsteher in Preston. Scheint ein regelmäßiger Gast im Herrenhaus zu sein. Interessiert sich genau wie der Oberst für Schmetterlinge. Die Welt ist doch klein.«
»Oberst Turnbull und Schmetterlinge?« wunderte sich Sherlock. Sein Blick fiel auf das schwarze Gummiband auf dem Küchentisch. Er nahm es in die Hand und fragte: »Wo kommt denn das her, Mrs. Cunliffe?«
Die rührte gerade in einem Kochtopf auf dem Herd, blickte kurz auf und sagte dann: »Das? Damit hatte Sergeant Grimshaw seine Pilze verschnürt.«
Sherlock warf einen Blick auf die Pilze. Pfifferlinge! Dann untersuchte er den Gummi. In das Gummiband war ein Stück weiches schwarzes Leder eingelegt. Das Band war arg strapaziert, zerfetzt und schmutzig.
»Kann ich das haben, Mrs. Cunliffe?« fragte er.

»Natürlich, ich werf' es doch bloß weg.«
»Danke!« Er wandte sich zum Gehen.
»Sie wollen doch nicht etwa weggehen?«
»Doch, ich muß.«
»Aber Mr. Sherlock, in einer Viertelstunde gibt es Mittagessen. Sie wissen doch, wie ärgerlich sie dann wird.«
»Tut mir leid, Mrs. Cunliffe«, antwortete Sherlock. »Es gibt wichtigere Dinge als essen. Entschuldigen Sie mich bei Tisch, bitte.« Er lief aus der Küche und rannte die Straße hinunter.

Der leere Platz am Tisch erinnerte Tante Rachel, Onkel Gideon und Charity an die Bürde, die sie zu tragen hatten. Doch als sie sich zum Essen niederließen, hatte Sherlock bereits John Whitney und Doktor Sowerbutts mit den Ereignissen des vergangenen Tages vertraut gemacht. John Whitney, der ihm immer noch wegen der Geschichte mit der Schaufensterpuppe grollte, war erneut böse geworden, als er von Hamish McTaggarts unverfrorenem Eindringen ins Herrenhaus hörte. Auch Sherlocks darauffolgende Enthüllung, daß man Mrs. Turnbull im ›Old Mo‹ kannte, hatte seinen Ärger nicht dämpfen können. Der alte Sowerbutts aber hatte das ganze ziemlich spaßig gefunden und lachend gesagt: »Ho, ho, der eingebildete Turnbull hat ein Dämchen vom Varieté geheiratet, so ein alter Fuchs.«
»Und wenn's so wäre«, äußerte sich John Whitney kühl, »dann wäre es durchaus verständlich, daß sie es für sich behalten möchten. Ihr wißt doch, was passiert, wenn das die Leute hier spitzkriegen: Dann sind die Turnbulls gesellschaftlich unten durch!«
»Na, und wenn schon«, meinte Sherlock. »Aber was haltet ihr davon? Ich hab' heute morgen lange darüber nachgedacht, ob es zwischen den Orten, wo man die Schaufensterpuppen gestohlen hat, irgendeinen Zusammenhang gibt. Und es gibt einen, sogar einen sehr deutlichen. Kann ich bitte einen Bleistift und ein Stück Papier haben?«

John Whitney gab ihm wortlos das Gewünschte. Sherlock fuhr fort:
»Nehmen wir einmal der Reihe nach die Anfangsbuchstaben der Orte: Preston, Darwen, Garstang, Adlington und Rawtenstall.« Er schrieb nebeneinander die Buchstaben P – D – G – A – R, ließ aber einigen Abstand dazwischen. »Und dann setzen wir immer zwei Buchstaben dazwischen.« Er schrieb in die freien Zwischenräume en, ar, hm, no. »Und was kommt raus?« Sherlock gab John Whitney das Blatt. Darauf stand nun PenDarGhmAnoR – Pendargh Manor. »Das hat sich jemand ausgedacht, der etwas von Geheimschriften versteht«, fügte Sherlock hinzu.
»Meiner Meinung nach ein bißchen weit hergeholt«, brummte John Whitney. »Und außerdem, sagtest du nicht, daß insgesamt sechs Schaufensterpuppen gestohlen worden sind, die letzte in Clitheroe?«
»Da haben wir's«, warf Doktor Sowerbutts ein, »damit ist deine Geheimschrift-Theorie hinfällig, mein Junge.«
»Nicht unbedingt«, widersprach Sherlock. »Ich glaube, daß der Diebstahl der letzten Puppe ein Irrtum war und ihre Annahme verweigert wurde. Das würde auch erklären, warum man sie im Wald verscharrt hat. Aber das werden wir bald wissen. Doktor Sowerbutts, leihen Sie mir Ihr Fernrohr?«
»Aber sicher«, sagte der Doktor. »Laß mich nur mal überlegen, wo ich's zuletzt gesehen habe...«
»Es hängt in der Diele«, sagte Sherlock und verließ ohne weitere Umschweife das Zimmer. In der Diele nahm er im Vorübergehen das Marineteleskop von der Wand, ging aus dem Haus und lief zum Wald.

Unter den kahlen Bäumen schlug Sherlock den Weg zum Herrenhaus ein, dem er sich so weit, wie er es gerade noch für ratsam hielt, näherte. Dann sah er sich nach einem geeigneten Beobachtungsplatz um, von dem er einen guten Blick aufs Haus hatte. Seine Wahl fiel auf eine große alte Eiche, etwa sechs Meter von der Grundstücksgrenze entfernt. Er kletterte hinauf und bezog droben im Wipfel in einer Astgabel Posten. Ringsum war alles ruhig. Aus der festverschlossenen Remise drang kein Laut, beim Haus zeigte sich keine Menschenseele. Er ließ sein Fernrohr von Fenster zu Fenster wandern. Nichts zu sehen. Das Haus war wie ausgestorben.

Die Zeit schien dahinzuschleichen. Endlich fing es an zu dämmern, und schließlich wurde es dunkel. Die Nacht war stockfinster und kalt. Sherlock war dankbar für seine schottische Mütze und klappte die Ohrschützer herunter. Man hörte nur den Wind in den Bäumen und gelegentlich einen Nachtvogel. Allmählich taten Sherlock die völlig verkrampften Füße weh. Aber alle Unbequemlichkeiten konnten ihn nicht von seiner Nachtwache abbringen, von der er sich so viel versprach.

Doch dann tat sich endlich etwas. Ein Fenster im Erdgeschoß wurde hell. Die Helligkeit nahm zu. Sherlock schaute durchs Fernrohr. Er sah zwei Inder, die Kerzenleuchter im Raum verteilten. Außerdem befanden sich im Zimmer fünf Gestalten und Mrs. Turnbull, die zu ihnen sprach.

Gerade da hörte er von unten ein Wispern: »Sherlock! Wo bist du, Sherlock?« Es war John Whitney. Sherlock löste ein großes Stück Rinde von einem dürren Ast über sich und warf es John auf den Kopf. Der fuhr zusammen und blickte nach oben. »Sherlock? Bist du das? Was um Himmels willen machst du da oben? Tante Rachel ist außer sich vor Sorge. Sie hat Mrs. Cunliffe geschickt und Charlotte mich. Komm jetzt sofort nach Hause, Sherlock.«

Aber Sherlock ignorierte die Anweisung und bat: »Komm herauf, John, nur eine Minute. Bitte, du mußt!«

Schließlich mühte sich John Whitney unter Protest doch nach oben, wo ihm Sherlock das Fernrohr in die Hand drückte. Er sagte: »Dort drinnen, John, findest du die Erklärung für die verschwundenen Schaufensterpuppen.«

John Whitney hob das Fernglas ans Auge. Mrs. Turnbull saß inzwi-

schen am Kopfende der gedeckten Tafel. Die indischen Diener servierten. Die einzigen Gäste am Tisch waren die Schaufensterpuppen. Am Fußende des Tisches stand Ranjeet, während Jasper Moran an der Anrichte lehnte.
»Du lieber Himmel«, entfuhr es John Whitney. »Was geht da vor?«
Doch Sherlock lächelte nur undurchsichtig, nahm das Fernrohr wieder an sich und setzte seine Beobachtungen fort. Von nun an würde er nichts mehr sagen, bis er genügend Tatsachen zur Verfügung hatte, um seine Schlußfolgerungen richtig untermauern zu können.

Zwei Stunden später saß Mrs. Turnbull immer noch am Tisch, ließ sich servieren und aß. John Whitney und Sherlock aber hockten noch immer äußerst unbequem in ihrem Baum und beobachteten. Jasper hatte sich inzwischen in einen Sessel geflegelt. Doch Ranjeet stand eisern weiter am Fußende der Tafel. In der Hand hielt er eine Uhr.
»Nein, nein, nein«, sagte er. »Sie sind immer noch nicht schnell genug. Sie haben genau eine halbe Stunde Zeit und keine Minute länger. Eine halbe Stunde für Suppe, Fisch, Rinderlende und Dessert. Probieren wir es noch einmal.«
Er gab den Dienern das Zeichen, erneut aufzutragen. Aber Mrs. Turnbull knallte Messer und Gabel auf den Tisch und sagte aufbegehrend im breitesten Dialekt: »Und wennste dich auf'n Kopf stellst, ich bring' keinen Bissen mehr runter!«
Ranjeet erwiderte scharf: »Es ist jetzt nicht angebracht, daß Sie den Appetit verlieren, Mrs. Turnbull. Wir machen weiter!«
Doch Mrs. Turnbull stand auf und sagte: »Ach, rutsch mir doch den Buckel runter, du... Ich hab's euch schon mal gesagt, mir reicht's dicke!« Sie hob den Arm und schlug der neben ihr sitzenden Puppe den Kopf herunter. Er kullerte über den Boden. Ranjeet starrte mit einer Mischung von Ärger, Ungeduld und Verzweiflung darauf. In diesem Augenblick erklang aus der Ferne Hufschlag. Jasper lief ans

Fenster und sah hinaus. Der Hufschlag kam näher. »Alles klar«, sagte er, »das muß der Professor sein.«
Von ihrem Beobachtungsposten im Eichenwipfel sahen Sherlock und John Whitney einen schwarz gekleideten vermummten Reiter vor dem Haus halten, absteigen und drinnen verschwinden.
Als sich die Tür hinter ihm schloß, schlug die Uhr vom Stallgebäude Mitternacht.

Nur ein Dorn

Für Sherlock und John Whitney gab es von da an nichts mehr zu sehen, obwohl sie ihre Nachtwache noch ein paar Stunden fortsetzten. Kurz nach der Ankunft des Reiters waren im Zimmer, in das sie hineingeschaut hatten, die Lichter gelöscht worden. In anderen blieb es zwar hell, allerdings hinter verschlossenen Läden.
Der Professor verbrachte fast drei Stunden allein mit Mrs. Turnbull. Die ganze Zeit wartete Jasper Moran im Flur vor dem Zimmer, in dem sich die beiden befanden. Gelegentlich hörte er Mrs. Turnbull klagen: »Ich kann nicht, ich kann nicht!«, woraufhin jedesmal ruhig und fast hypnotisch die wohltönende Stimme des Professors erklang: »Sie können, Sie müssen, und Sie schaffen es!«
Unten im Salon lief Oberst Turnbull ruhelos auf und ab. Besorgt fragte er Ranjeet: »Glauben Sie wirklich, daß sie es schafft?«
Und der antwortete: »Ich bin ganz sicher. Vergessen Sie nicht, Oberst, Mrs. Turnbull ist Schauspielerin von Beruf, und sie hat dementsprechend Nerven. Und ich zweifle nicht im geringsten daran, daß es dem Professor gelingen wird, ihr die nötige Mischung von Begeisterung und Selbstvertrauen einzuflößen, so daß sie, wie Schauspieler das ausdrücken, einen guten Auftritt hinlegen wird.«
»Ich hoffe, Sie behalten recht«, sagte der Oberst. »Es steht viel Geld auf dem Spiel.«
Niemand, auch Jasper nicht, erfuhr jemals Einzelheiten über das Ringen zwischen Mrs. Turnbull und dem Professor in jenen langen Nachtstunden im verschlossenen Zimmer. Aber als die beiden dann endlich wieder herauskamen, war Mrs. Turnbull wieder voll Begeisterung und hatte neue Kraft und Zuversicht geschöpft.

So machte sich allgemein Erleichterung und ein Bedürfnis nach Ruhe breit. Doch obwohl alle sehr müde waren, sollte im Herrenhaus in dieser Nacht niemand viel Schlaf bekommen. Anderthalb Stunden, nachdem der Professor wieder gegangen war – noch war der Morgen fern –, kam ein weiterer Inder, der »Munshi«, ins Haus. Munshi ist, wie der Oberst seiner Frau erklärte, in Indien ein Urdu-Ausdruck für Sprachlehrer oder Sekretär. Der Munshi kam mit der Anweisung des Professors, Mrs. Turnbull ohne Aufschub einer Reihe harter Prüfungen zu unterziehen. So war dann Mrs. Turnbull nach einer Ruhepause von allenfalls einer halben Stunde einige Zeit vor sechs schon wieder an der Arbeit.

Die ganze Zeit, während sie vom Munshi geprüft wurde, war Ranjeet dabei. Gegen Ende der Prüfung wurden auch Jasper und der Oberst dazugeholt. Alles schien besser zu laufen, als man zu hoffen gewagt hatte. Als die beiden ins Zimmer kamen, saß Mrs. Turnbull in feierlicher Haltung in einem Sessel mit Armlehnen. Aus ihrer Sprache war jeder Anklang an Dialekt verschwunden, ihre Antworten auf die Fragen des Munshi kamen ohne Zögern, klar und deutlich:

»Obst?«

»Orangen und Birnen.«

»Keine Äpfel?«

»Doch, aber nur große unreife.«

»Spiele?«

»Karten, Schach, Dame...«

»Haben Sie's im Haus gern warm oder kalt?«

»Kalt. Alle Ärzte sagen, daß Hitze ungesund und Kälte gesund ist.«

»Gut. Kennen Sie die Werke von Felix Mendelssohn-Bartholdy?«

»Ja.«

»Welche von seinen Liedern mögen Sie besonders?«

»Den Pilgerspruch ›Laß dich nur‹. ›Schöner und schöner schmückt sich‹, das Lied, das seine Schwester geschrieben hat, kann ich sogar singen!«

Der Munshi wechselte plötzlich ins Deutsche: »Sie haben natürlich Deutschland besucht.«

Mrs. Turnbull antwortete ebenso geläufig auf deutsch: »Aber natürlich, ja: Köln, Brühl, Bonn. In Bonn wurde gerade die Beethoven-Statue enthüllt.«

Seine nächste Frage stellte der Munshi in Französisch. »Sie waren auch in Frankreich?«

Auch das Französisch von Mrs. Turnbull kam fließend: »Mais oui! Paris, Versailles. Es war im August. Ich erinnere mich, man gab einen Ball...« – dies alles natürlich auf französisch – »Ich weiß sogar, was ich trug: ein weißes Kleid, einen weißen Seidenhut, eine grüne Mantilla und einen grünen Sonnenschirm.«

Der Munshi, offensichtlich zufrieden, machte nun mit ihr ein paar Bewegungsproben. Er ließ Mrs. Turnbull stehen, sitzen, den Kopf drehen und neigen, die Arme bewegen und schließlich aufstehen und zur Tür gehen. Als sie die Tür fast erreicht hatte, kommandierte er: »Kehrt, zurück zu mir!«

Mrs. Turnbull tat wie geheißen. Der Munshi ging ihr lächelnd entgegen. Die beiden trafen sich etwa in der Mitte des Raumes. Sie, sichtlich damit zufrieden, wie es lief, gab sein Lächeln zurück. Doch er holte aus und versetzte ihr, bevor sie sich's versah, eine kräftige Ohrfeige. Jasper und der Oberst holten erschrocken Luft. Mrs. Turnbull aber zuckte mit keiner Wimper und sagte, ohne eine Miene zu verziehen oder die Stimme zu erheben: »Wie können Sie es wagen! Was erdreisten Sie sich da?«

Das Lächeln kehrte auf das Gesicht des Munshi zurück, und er lobte: »Ausgezeichnet! Ganz ausgezeichnet!« Dann wandte er sich an Ranjeet: »Sie beherrscht die Sprachen wirklich erstaunlich. In so kurzer Zeit so fließend...«

»Sie ist ein Naturtalent und sehr sprachbegabt«, antwortete Ranjeet.

»Wenn alles andere ebensogut läuft und ebensoweit gediehen ist, dann wären wir bereit«, sagte der Munshi.

»Wann ist's denn soweit?« Diese Frage von Mrs. Turnbull kam wieder leicht dialektgefärbt.
Jasper trat zu ihr und sagte: »Der Professor äußerte mir gegenüber heute morgen, bevor er ging, wenn Sie alle Prüfungen des Munshi erfolgreich absolviert hätten, könnten wir in ein, zwei Tagen loslegen.«

War der Morgen für Mrs. Turnbull sehr erfolgreich, für Sherlock war er es ganz und gar nicht. Er gestaltete sich sogar recht übel für ihn. Als erstes hatte er einen fürchterlichen Anraunzer bekommen, weil er erst um drei Uhr früh heimgekommen war. Tante Rachel hatte auf ihn gewartet. Es sei das erste Mal in ihrem ganzen Leben, hatte sie behauptet, daß sie bis zu so unchristlich später Stunde habe aufbleiben müssen. Alles war dann noch schlimmer geworden, als ihm gleich nach dem Frühstück der Postbote ein Päckchen aus London brachte, das ein Vergrößerungsglas enthielt. Dieses hatte er, ohne jemandem etwas zu sagen, bei Pillischer in der New Bond Street bestellt, und es kostete die erkleckliche Summe von zwei Pfund. Das Geld hatte er von seiner Großmutter in Paris. In seine Hände gekommen war es auf dem Umweg über Charlotte Whitney. Und das vor allem hatte Anstoß erregt.
Tief beleidigt hatte Tante Rachel geklagt: »Als ob man uns nicht trauen könnte.« Und Onkel Gideon, an diesem Tag schon zum Frühstück da, war wütend, daß Sherlock das Geld nicht für die Haushaltskasse abgeliefert hatte.
»Nicht daß es uns um das Geld geht«, tönte Onkel Gideon. »Das Geld kommt bei uns immer zuletzt. Trotzdem meine ich, du hättest es abliefern müssen!«
Die Sache endete damit, daß Tante Rachel in Tränen ausbrach und Onkel Gideon ihn aus dem Zimmer wies:
»Besser, du verschwindest mit deinem Vergrößerungsglas in deinem Zimmer. Dieses Zeugnis der Verschwendungssucht bringt sie sonst nur noch mehr auf.«

Bestürzt und völlig durcheinander hatte sich Sherlock nach oben zurückgezogen. Hätte er wenigstens einen Teil des Geldes dafür abliefern sollen, daß er hier wohnen durfte und Essen bekam?
Er verbrachte den Rest dieses Vormittags, der so unglücklich verlaufen war, auf seinem Zimmer. Ungeachtet des Ärgers, den es ihm eingebracht hatte, war er maßlos stolz auf sein Vergrößerungsglas und fand seinen Spaß daran, damit das ganze Zimmer und alles was darin war, gründlich zu untersuchen. Als letztes nahm er sich das Toilettentischchen und die Sachen darauf vor. Dort lag auch der ungewöhnlich große Rosendorn, den er in der Holzfällerhütte, in der Natty Dan gestorben war, gefunden hatte. Als er den Dorn durch die Lupe betrachtete, fielen ihm zwei feine Kerben, eine auf jeder Seite, auf. Er betrachtete sie lange und rätselte über ihre Bedeutung. Schließlich legte er die Lupe weg, stand auf und lief die Treppe hinunter in den Vorgarten, wo viele, zum Teil recht alte Rosenstöcke wuchsen. Er nahm sich die ältesten der Reihe nach vor und entfernte von jedem einen oder zwei der größten Dornen. Mit diesen ging er wieder auf sein Zimmer und untersuchte jeden einzelnen mit der Lupe. Doch an keinem fand er ähnliche Einkerbungen wie auf dem Dorn aus der Hütte. Daraufhin entschloß er sich zu einem kleinen Experiment.
Er löste seine Taschenuhr von der Kette und lehnte sie gegen den Spiegel des Toilettentisches. Dann legte er eine Hand mit der Handfläche nach unten auf die Platte des Tisches, nahm den Dorn aus der Hütte in die andere und bohrte ihn, mit einer kurzen und schnellen Bewegung, in den Rücken der linken Hand. Dann lehnte er sich, die Augen auf die Uhr geheftet, im Sessel zurück.
Fast eine halbe Stunde später schlug Mrs. Cunliffe Alarm. Als sie ins Zimmer kam, um Sherlock zum Essen zu holen, fand sie ihn auf den Toilettentisch vornübergekippt. Er war bewußtlos und atmete schwer. Sie rannte sofort zu Tante Rachel. Als diese auftauchte, kam Sherlock gerade wieder zu sich. »Bist du in Ordnung?« fragte sie. »Wie lange bist du schon in diesem Zustand?«

Sherlock schaute auf seine Uhr und sagte: »Ganz genau 22 Minuten und 15 Sekunden. Es ist so, wie ich's vermutet hatte!« Er sprang auf und stürmte ohne ein weiteres Wort an den beiden Frauen vorbei aus dem Zimmer.
»Sherlock, gleich kommt das Essen auf den Tisch!« rief ihm Tante Rachel nach.
Doch er, zwei Stufen auf einmal nehmend, schrie zurück: »Fangt schon mal ohne mich an. Es kann ein Weilchen dauern!«
»Also wirklich«, seufzte Tante Rachel, »der Junge kann einen Heiligen zur Verzweiflung bringen.«

Sherlock hämmerte an die Tür des Doktorhauses, als hänge sein Leben davon ab, sofort eingelassen zu werden. Als ihm nach vielleicht einer Minute Charlotte Whitney aufmachte, rief er ihr nur ein flüchtiges Hallo zu und schoß an ihr vorbei ins Behandlungszimmer. Aber da war niemand.
»Es ist Mittagszeit«, sagte Charlotte von der Tür her. »Wir sind alle im Eßzimmer.«
»Ach ja, richtig!« Sherlock sauste über den Flur und platzte, ohne anzuklopfen, zu John Whitney und Doktor Sowerbutts herein. Er nahm sich noch nicht einmal die Zeit für eine Entschuldigung und legte sofort los: »John, gibt es ein Gift, das ähnliche Symptome wie Tetanus erzeugt?«
»Aber sicher«, antwortete der Angesprochene. »Hat das nicht Zeit bis später?«
»Nein, leider nicht«, war Sherlocks Antwort.
»Na gut, wenn's sein muß. Da kämen ein paar Pflanzengifte in Betracht«, sagte John Whitney. Er war fast fertig mit dem Essen. »Strychnin und dergleichen.«
»*Strychnos nux vomica,* ein in Indien und Ceylon heimischer Baum, aus dessen Früchten Strychnin gewonnen wird«, zitierte Doktor Sowerbutts ein Lehrbuch aus längst vergangenen Zeiten.
Sherlock fragte gespannt: »Wäre es vielleicht möglich, daß Natty

Dan nicht, wie von euch festgestellt, an Tetanus starb, sondern an einem solchen Pflanzengift, irgend etwas Strychninähnlichem?«
»Möglich schon«, räumte John Whitney ein, »aber das ist äußerst unwahrscheinlich.«
»Und was stellst du dir vor, junger Mann, wie man in diesem Fall Natty Dan das Gift beigebracht hat?« fragte Doktor Sowerbutts, während er Charlotte seinen Teller hinhielt, damit sie ihm eine zweite Portion Apfelklöße auffüllte.
»Wahrscheinlich finden sich bei einer entsprechenden Untersuchung an diesem Rosendorn hier Spuren eines solchen Giftes.« Sherlock überreichte John Whitney den Dorn aus der Holzfällerhütte.
»So, so«, sagte der alte Sowerbutts. »Hat sich da jemand aus Büchern über die Amazonasindianer gebildet? Sie vergiften nämlich ihre Pfeile mit Curare. Das ist ebenfalls ein Pflanzengift, das man von Bäumen der Gattung *Strychnos* gewinnt. Sie jagen ihre Pfeile mit Hilfe eines Blasrohrs den Opfern ins Fell.« Er löffelte den letzten Rest der Vanillesoße aus.
John Whitney fügte mit einem kaum unterdrückten Lächeln hinzu: »Du meinst also, Natty Dan starb, weil ihm jemand mit einem vergifteten Pfeil eines aufbrannte?«
»Natürlich nicht«, gab Sherlock gereizt zurück.
»Wie dann?«
»Durch einen Hund mit einem Dorn an der Pfote.«
»Was?« John Whitney traute seinen Ohren nicht. Doktor Sowerbutts und Charlotte sahen einander kopfschüttelnd an.
Doch Sherlock ließ sich nicht irre machen. »Es paßt zu allen bekannten Tatsachen. Ich hatte euch doch erzählt, daß ich bei der Hütte die Spur eines dreibeinigen Hundes entdeckte und daß mit ziemlicher Sicherheit ein solcher Hund beim Herrenhaus versteckt wird.«
»In meinem ganzen Leben habe ich noch keinen solchen Blödsinn gehört!« explodierte da John Whitney. »Wenn der Hund einen ver-

gifteten Dorn in der Pfote gehabt hätte, dann wäre er doch selbst an dem Gift eingegangen.«

Aber Sherlock erwiderte selbstgefällig: »Ich sagte *an* und nicht *in* der Pfote. Der Dorn mußte ja nur mit der Spitze zum Boden zeigen.«

Er nahm einen von den Rosendornen aus dem Vorgarten so zwischen ausgestreckten Zeige- und Mittelfinger, daß die Spitze, als er die Handfläche nach unten drehte, zum Boden wies.

John Whitney verlor allmählich die Geduld. »Wenn der Dorn nicht in der Pfote steckte, hatte der Hund keinerlei Anlaß, auf drei Beinen zu laufen.«

»Richtig. Aber er könnte doch dazu abgerichtet worden sein, damit der Dorn nicht die Spitze verliert«, wandte Sherlock ein.

»Warum um alles in der Welt sollte sich jemand solche Mühe machen, nur um einen Natty Dan umzubringen?« fragte Charlotte.

Auch darauf hatte Sherlock eine Antwort: »Ich glaube nicht, daß er das Opfer sein sollte. Wahrscheinlich war Natty Dans Tod ein Versehen. Vielleicht hat man an ihm etwas ausprobieren wollen. Aber wie steht's, John? Wirst du nun diesen Dorn auf Gift untersuchen oder nicht?«

»Na schön«, sagte John Whitney, »dann komm eben.« Beide verschwanden im Behandlungszimmer.

Charlotte erklärte, sie werde mit Doktor Sowerbutts auf ihre wöchentliche Krankenbesuchsrunde gehen. So waren die beiden jungen Männer bald allein im Haus. Charlotte und ihr Onkel waren schon geraume Zeit fort, da arbeitete John Whitney immer noch angestrengt an seiner Analyse, und Sherlock wartete ungeduldig auf das Ergebnis. Wenig später blickte schließlich ein sehr ernst gewordener John Whitney von seiner Arbeit auf und sagte: »Du hast recht, es ist Gift, ein Pflanzenalkaloid, aber eins, das mir völlig fremd ist. Wie um alles in der Welt bist du zu deinem Verdacht gekommen?«

»Es hat ein Weilchen gedauert«, gab Sherlock zu. »Dann bemerkte

ich am Dorn Kerben, die mir verrieten, daß er mit einem Metallinstrument angefaßt worden war. Und da fragte ich mich: warum?«
»Du weißt, daß ich das Sergeant Grimshaw melden muß?« entgegnete John Whitney. »Natty Dan muß exhumiert werden.«
»Warte bitte noch ein paar Stunden«, bat Sherlock. »Wir müssen unbedingt das Herrenhaus durchsuchen. Und zwar jetzt gleich.«
»Wir?« fragte John Whitney. »Wieso wir?«
»Machst du nicht mit?«
»Nun...« John Whitney hatte keine rechte Lust.
»Dann gehe ich eben allein«, sagte Sherlock und lief zur Tür.
»Warte«, sagte John Whitney. »Ich glaube, ich komm' doch besser mit. Und sei es nur, um zu verhindern, daß du Unfug machst.«
»Das ist der richtige Sportsgeist!« sagte Sherlock lächelnd. »Mag auch die Flamme der Abenteuerlust nur noch glosen, erloschen ist sie nicht!« Er sah, daß sich John Whitney noch einmal an seinen Arbeitstisch gesetzt hatte, und fragte: »Was fehlt denn noch?«
»Ich muß Charlotte eine Nachricht hinterlassen«, erklärte John Whitney. »Sie wird wissen wollen, wo ich bin.«
»Na so was«, meinte Sherlock. Derartiges wäre ihm nie in den Sinn gekommen.

Es fing schon an dunkel zu werden, als Sherlock und John Whitney den Schutz des Pendargh-Waldes verließen und auf gutseigenes Land vordrangen. Sherlock beleuchtete den Weg mit einer alten Blendlaterne, die Doktor Sowerbutts gehörte.
Nirgends regte sich Leben, weder am Haus noch im Haus. Geduckt rannten beide in den Schutz des nächstliegenden Gebäudes, der Remise. Sherlock spähte durch ein Fenster. Als er sah, daß die Luft rein war, öffnete er die Tür einen Spalt, damit sie beide hineinschlüpfen konnten, und schloß sie sofort wieder.
Sherlock ging schnurstracks zur Kutsche des Obersten. John Whitney dagegen sah sich unterdessen im Raum um, ohne recht zu wissen, wonach er suchen sollte. Nach einiger Zeit kam auch er zur

Kutsche, konnte aber Sherlock nirgends sehen. Er rief leise: »Sherlock!«

Keine Antwort. Er öffnete den Kutschenschlag und schaute hinein. Die Kutsche war leer. Er lief um die Kutsche herum. Da war kein Sherlock. Er schaute sogar unter die Kutsche. Auch nichts. Er war schon drauf und dran, den Schuppen wieder zu verlassen, als Sherlock unvermutet den Kopf aus dem Kutschenfenster steckte und flüsterte: »Suchst du mich?«

John Whitney, der solche Tricks haßte, fragte eisig: »Wo warst du?«

»Ich habe mich nicht aus der Kutsche fortbewegt«, gab Sherlock zur Antwort. »Sie hat, wie ich vermutete, einen doppelten Boden. Das war mir gleich klar, als ich die erheblichen Veränderungen bemerkte, die man daran vorgenommen hat, seit ich zum letzten Mal in der Kutsche fuhr.«

»Aber wozu einen doppelten Boden?« fragte John Whitney. »Zum Schmuggeln?«

»In gewisser Weise, ja«, sagte Sherlock. »Aber wir müssen weiter.«

Als sie wieder draußen waren, warf Sherlock einen Blick zum Haus hinüber und sagte drängend: »John, schau mal, das Fenster da oben, das mit dem Gitter davor!«

John Whitney tat wie geheißen. Das Fenster war nur schwach erleuchtet, doch genug, daß man hinter den Eisenstäben eine grauhaarige Frau erkennen konnte. Sie lief, auf einen Stock gestützt, im Zimmer auf und ab und führte offensichtlich Selbstgespräche.

»Wer ist das?« fragte John Whitney.

»Das werden wir feststellen«, antwortete Sherlock. »Wir müssen unbedingt ins Haus, bevor es zu spät ist.«

»Aber wie?«

»Kein Problem, schließlich war ich hier ja mal zu Hause. Weißt du, die Holmes' waren glühende Royalisten, und das zu einer Zeit, da die ganze Gegend auf Cromwell schwor. Sie waren natürlich so vorsichtig, Fluchtwege zu schaffen. Das heißt, man kann auf mehr als einem Weg aus dem Haus heraus und dementsprechend ebenso auf mehr als einem Weg hinein. Los, auf geht's!« Er lief voraus, zurück zum Wald. Ein kleines Stückchen weit drinnen schob er Farn und Gestrüpp beiseite und legte den Eingang eines Tunnels frei. »Komm«, sagte er, »hier hinein.«

Die beiden schlüpften in den Tunnel, ohne die geringste Ahnung, daß sie dabei beobachtet wurden.

Die Frau in Schwarz

Der Tunnel verlief unter dem Rasen in gerader Linie bis zum Herrenhaus. Hier fächerte er sich in ein Labyrinth von weiteren Tunnels und Geheimgängen auf, die über Steintreppen miteinander verknüpft praktisch das ganze Gebäude durchzogen, zumindest damals zur Zeit des Bürgerkrieges. Seitdem allerdings war der Fuchsbau um einiges kleiner geworden. Die Jahre hatten ihren Tribut gefordert, und es hatte in der langen Zeit seither eine Reihe baulicher Veränderungen und Verbesserungen gegeben. Aber noch immer konnte man überall hingelangen.

Sherlock ging mit der Blendlaterne voraus. John Whitney stolperte auf dem unebenen Boden ein paar Schritte hinter ihm her. Nach wenigen Minuten blieb Sherlock stehen.

»Wie weit ist es noch?« fragte John Whitney. Von der Tunneldecke tropfte Schwitzwasser und lief ihm übers Gesicht. Vom Entlangtasten an den rauhen Wänden hatte er sich die Hände aufgeschürft.

»Nicht mehr weit«, antwortete Sherlock. »Wir sind jetzt unter dem Stall.«

»Woher weißt du das so genau?« fragte John Whitney.

»Wenn du ganz ruhig bist und lauschst, dann hörst du über uns die Pferde.«

Beide blieben stehen und horchten angestrengt. Eine Zeitlang hörte John Whitney nur das Fallen der Wassertropfen und sein eigenes Atmen. Schließlich aber vernahm er über sich ganz schwach, durch das Erdreich gedämpft, Pferdewiehern und das Stampfen von Hufen.

»Junge«, sagte er, »hast du gute Ohren!«

Sherlock lächelte und nickte. »Wenn ich mich recht erinnere, sind es von hier bis zum Haus genau hundertzehn Schritte. Und es geht die ganze Zeit bergauf. Los, weiter.«
Gefolgt von dem stolpernden John Whitney, setzte er sich in Bewegung, wobei er laut zählte: »Eins, zwei, drei, vier, fünf...« und dann anderhalb Minuten später: »...hundertfünf, hundertsechs, hundertsieben, hundertacht, hundertneun, einhundertundzehn!«
Sherlock war unterdessen ein gutes Stück voraus. John Whitney sah nur einen schwachen Lichtschimmer. Er flüsterte laut: »Sind wir jetzt da?«
»Ich schon lange«, gab Sherlock ebenso leise zurück. »Ich dachte schon, du kommst überhaupt nicht mehr.«
Der Tunnel verlief nun wieder eben und mündete in einen Quergang. Die Wände waren jetzt glatter, bestanden aus Stein und Ziegeln, stellenweise sogar aus Holz. Als John Whitney Sherlock erreichte, stand dieser vor einem der hölzernen Wandabschnitte.
Er deutete darauf. »Die Wand hier muß es sein. Schiebt man sie beiseite, müßte man, wenn mich nicht alles täuscht, in die Bibliothek kommen.«
Er drehte einen großen geschnitzten Knauf links von sich an der Wand. Langsam und lautlos glitt ein Stück der Tunnelwand zur Seite und gab den Blick frei auf ein loderndes Kaminfeuer und zwei behoste Beine in vielleicht einem halben Meter Entfernung. Sie gehörten Oberst Turnbull. Er stand am Fenster und kehrte ihnen den Rücken zu.
»Au weh, das falsche Zimmer!« flüsterte Sherlock fast unhörbar.
John Whitney war starr vor Schreck.
Gerade sagte Jasper: »Lassen Sie sich daran erinnern, *Hauptmann* Turnbull, daß Sie es nur meinem Bruder Sebastian verdanken, wenn Sie nicht in einem Gefängnis in Madras verfaulen. Vergessen Sie das bloß nie!«
»Wie könnte ich?« antwortete der Oberst. »Verdammt feiner Kerl, dein Bruder. Nur seinetwegen machte ich mit, du freche Ratte.«

In der kleinen Pause, die nun eintrat, betätigte Sherlock den Mechanismus, der die Geheimtür wieder schloß. Dann hörte man den Obersten weiterreden: »Merkwürdige Vorstellung, daß ich nächste Woche um diese Zeit euch alle los und wieder allein und reich bin!«
Er warf seinen Zigarrenstummel, ohne sich umzusehen, über die Schulter ins Feuer. Er fiel John Whitney vor die Füße. Sekunden später glitt lautlos das Wandstück an seinen Platz.
»Uff, das war knapp«, sagte John Whitney.
»Ach Unsinn, er ging meilenweit daneben«, sagte Sherlock, während er sich bückte und den Zigarrenstummel aufhob. Er roch daran und betrachtete ihn eingehend von allen Seiten. »Nanu, eine Trichi!«
»Was sagst du?« fragte John Whitney.
»Eine Trichinopolis-Zigarre, John«, erläuterte Sherlock. »Der Tabak kommt aus der gleichnamigen Stadt am Fluß Canvery im Verwaltungsbezirk Madras, Südindien. Die Asche hat eine charakteristische schwarze Farbe. Doch jetzt sollten wir umkehren, denke ich, und es weiter oben versuchen. Komm!«
Er machte sich ganz ruhig und gelassen auf den Weg, als sei er auf einem Sonntagsspaziergang im Park.
Unterwegs erzählte er: »Weißt du, John, es gab mal eine Zeit, da hatte es mein Vater darauf angelegt, die Zigarrensorten der ganzen Welt zu kosten. Eine verrückte und teure Idee. Das Geld dafür beschaffte er sich, das ist leider wahr, durch den Verkauf eines großen Ackers. In jenem Jahr war der Sommer lang und naß; wir hatten alle weniger zu tun als sonst. Ich verbrachte meine Zeit mit dem Studium der vielen Arten von Asche, die überall im Haus verstreut war. Ein faszinierendes Thema. Ich bin fest entschlossen, es eines Tages wieder aufzugreifen. Vielleicht schreibe ich sogar einmal ein Buch darüber.«
Er blieb unvermittelt stehen, legte das Auge an ein kleines Loch in der Wand und sagte: »Ah, hier gehen wir durch.«
Sie gelangten auf einen leeren Korridor im Oberstock des Hauses.

Sherlock huschte zur gegenüberliegenden Tür und legte das Ohr daran. »Dahinter ist das Zimmer mit dem vergitterten Fenster«, flüsterte er.
»Bist du sicher?« fragte John Whitney nervös.
»Ganz sicher. Das war nämlich mal mein Kinderzimmer. Deshalb auch das Gitter. Durch das Guckloch habe ich immer das Kindermädchen beobachtet, wenn es mich verzweifelt suchte, weil ich mich versteckt hatte.«
»Soll ich sie aufbrechen?« John Whitney deutete auf die verschlossene Tür.
»Aus welchem kühlen Grunde, John?« fragte Sherlock.
»Damit wir reinkönnen! Was sonst?«
»Ach, ich denke, rohe Gewalt ist dazu nicht vonnöten.« Sherlock lächelte. Er drückte die Klinke nieder und machte die Tür auf. »Bitte sehr, nach Ihnen!«
In dem kleinen kahlen Zimmer gab es nur einen Stuhl und ein Toilettentischchen. Sherlock steuerte gleich auf letzteres zu. Obenauf standen ein Schminkköfferchen, wie es Schauspieler benutzen, und ein Perückenständer mit einer grauhaarigen Perücke. Über der Stuhllehne hing ein schwarzer Schal, daneben lehnte ein Spazierstock aus Ebenholz mit silberner Krücke.
Whitney schaute sich im Zimmer um und fragte: »Aber was hat man mit der Gefangenen gemacht?«
»Gefangene?« echote Sherlock.
»Ich dachte, wir wollen jemand befreien – die Frau, die wir von draußen sahen, die echte Mrs. Turnbull!«
»Die *echte* Mrs. Turnbull?« Sherlock sah aus, als wolle er gleich aus der Haut fahren, und John Whitney fing an, sich zu ärgern.
»Sherlock, wenn die Frau, die wir als Mrs. Turnbull kennen, in Wirklichkeit Bessie Bright ist, die Schauspielerin vom Varieté, dann folgt daraus mit Sicherheit, daß sie Mrs. Turnbull nur spielt und daß die echte Mrs. Turnbull irgendwo gegen ihren Willen festgehalten wird.«

»Ich gebe zu, daß mir dieser Gedanke auch schon gekommen ist«, entgegnete Sherlock. »Vor einiger Zeit, ja, aber sehr überzeugend ist dieses Gedankengebäude nicht, weißt du.«

Da wurde John Whitney wirklich böse und fragte scharf: »Was tun wir dann hier im Haus?«

»Ach, wir schauen uns ein bißchen um, mehr nicht«, sagte Sherlock.

»Du bist dir doch hoffentlich im klaren darüber, daß wir uns mindestens des unbefugten Eindringens schuldig machen?«

»Aber sicher.« Sherlock ging zurück zur Tür. »Komm weiter.«

John Whitney blieb nichts anderes übrig, als Sherlock zu folgen, wollte er nicht allein zurückbleiben. Als er aus dem Kinderzimmer trat, sah er Sherlock ein Stück weiter hinten im Korridor in einem Zimmer auf der anderen Seite verschwinden. Dieses Zimmer war ganz weiß gestrichen. Es enthielt weder Möbel noch Bilder. Die Läden vor dem einzigen Fenster, das auf den rückwärtigen Teil des Gartens ging, waren offen. An der einen Wand hing ein Kalender, an einer anderen eine Uhr. Das war alles an Einrichtung.

»Hier finden wir nichts«, sagte John Whitney und wollte wieder gehen.

»Ganz im Gegenteil«, widersprach Sherlock. »Hier können wir eine Menge von dem erfahren, was wir wissen wollen.«

»Wie bitte?« John Whitney war völlig verwirrt.

»Schau doch mal auf den Kalender. Was für ein Datum zeigt er?«

John Whitney las laut: »Freitag, 24. November 1871. Aber das stimmt ja gar nicht!«

»Eben«, bestätigte Sherlock. »Nur daß im Normalfall, wenn das Kalenderdatum nicht stimmt, die Leute vergessen haben, das neue Datum einzustellen. Dieses Kalenderblatt aber zeigt einen Tag, der erst kommt. Schon ein sehr eigenartiger Fehler, den da jemand gemacht hat. Und wirf doch mal einen Blick auf die Uhr. Was fällt dir daran auf?«

»Mit der scheint auch etwas nicht zu stimmen«, sagte John Whit-

ney. »Sie zeigt sieben Minuten nach eins. Offensichtlich steht sie.«
»Ich glaube nicht«, entgegnete Sherlock. Er zog seine Taschenuhr und verglich von Zeit zu Zeit den Zeigerstand der beiden Uhren. »Da ist noch etwas«, sagte er ganz beiläufig.
»Was denn?« fragte John Whitney.
»Horch doch mal«, forderte ihn Sherlock auf.
»Ich höre nichts.«
»Genau das ist es.« Sherlocks Selbstgefälligkeit feierte in diesem Augenblick Triumphe. »Es ist jetzt genau fünf Uhr, und man hört trotzdem nichts. Warum schlägt keine einzige Uhr? Was ist zum Beispiel mit der auf dem Stallgebäude? In der Nacht, als der Reiter ankam, schlug sie noch. Und vielleicht hast du vorhin unten im Zimmer, als wir fast ins Feuer stolperten, die große Standuhr gesehen. Ihren Stundenschlag sollten wir sogar bis hier herauf hören können. Aber wir haben nichts gehört. Meiner Meinung nach, John, verfälscht hier jemand absichtlich Datum und Uhrzeit. Ich vermute, daß dieses Zimmer für einen Besucher bestimmt ist, der ein paar Tage bleiben soll. Und aus irgendwelchen Gründen, die wir vermutlich demnächst herausbekommen werden, will man ihn glauben machen, daß er nicht mehr als zwei Stunden hier verbracht hat.«
»Was?« fragte John Whitney ganz ungläubig.
Sherlock verglich noch einmal die Zeit und steckte dann seine Uhr wieder in die Tasche. Dann fuhr er fort: »Diese Uhr hier geht nur mit einem Vierundzwanzigstel ihrer normalen Geschwindigkeit. Sie geht so langsam, daß sogar der Sekundenzeiger zu stehen scheint. Für denjenigen, der sich in diesem Raum aufhält, erscheinen also vierundzwanzig Stunden wie eine.«
»Dann gibt es also doch einen Gefangenen«, sagte John Whitney.
»Aber sicher«, antwortete Sherlock. »Obwohl er oder sie nicht merkt, daß er gefangen ist. Außerdem wissen wir, daß die Falle morgen zuschnappen soll. Wir sind mitten im Spiel, John!«
Mit schnellen Schritten ging er zur Tür, öffnete sie, spähte hinaus

und machte sie ganz schnell wieder zu. Er drückte sich eng dagegen und flüsterte: »Pst, da kommt jemand!«
Auf dem Flur näherten sich Schritte, die kein Teppich dämpfte. Dann hörte man aus dem unteren Bereich des Hauses Oberst Turnbull rufen: »Jasper!« Und jenseits der Tür antwortete der Gerufene: »Ja?«
»Albert Bates ist hier!«
»Gut, ich komme runter!«
Die Schritte verklangen wieder im Korridor.
Sherlock und John Whitney arbeiteten sich nun vorsichtig in den ersten Stock hinunter. Dabei schauten sie in jedes Zimmer, an dem sie vorbeikamen. Alle waren leer, sogar die Möbel fehlten. Auf dem Weg hinunter ins Erdgeschoß sahen sie bei einem Blick über das Treppengeländer zwei indische Diener, von denen jeder eine vollständig angekleidete Schaufensterpuppe trug.
»Wir müssen unbedingt sehen, wo sie hingehen«, flüsterte Sherlock. Dann schlichen die beiden die Treppe hinunter und machten sich an die Verfolgung.
Die beiden Inder schritten über den Flur bis zu einem Quergang, bogen dort rechts ab und verschwanden aus dem Blickfeld.
Sherlock und John Whitney wollten gerade auch um die Ecke, als links im Quergang Stimmen ertönten. Beide preßten sich dicht an die Wand. Kurz darauf kamen Oberst Turnbull und Jasper, in ein Gespräch vertieft, über den Quergang daher und verschwanden in der gleichen Richtung wie die Inder. Ein paar Schritte hinter ihnen ging ein dritter Mann, den Sherlock noch nie gesehen hatte. Er war jung, groß, wohlgebaut, hatte blonde Haare und ein offenes, gewinnendes Gesicht. Ein Besucher, dachte Sherlock bei sich, während der junge Mann langsam hinter den anderen her den Gang entlangschritt und dabei mit großem Interesse die Bilder an den Wänden studierte.
Sherlock wartete, bis er sich ein paar Schritte entfernt hatte, gab dann John Whitney ein Zeichen, er solle nachkommen, und bog

selbst um die Ecke. Da kam von hinten ein großer schwarzer Apportierhund den Gang entlang gelaufen und sprang an ihm hoch, wobei er ihn fast umwarf. John Whitney trat erschrocken zurück hinter seine Ecke. Sherlock bückte sich geistesgegenwärtig zu dem Hund und streichelte ihn. »Sch, sch! Sei brav!« Der Hund fing an, ihm das Gesicht abzulecken, wobei er heftig mit dem Schwanz wedelte.

Sherlock hob eine Vorderpfote des Hundes hoch und untersuchte sie gründlich. Dann winkte er John Whitney aus seinem Versteck heran: »Hier hast du deinen nicht vorhandenen Apportierhund. Und hier, an seiner rechten Vorderpfote, siehst du deutlich, wie man einen vergifteten Dorn anbringt.«

Hinten im Gang hörte man jetzt rufen. Es war eine wohlklingende Stimme im Tonfall der Leute aus Lancaster. »Hierher! Wo bist du? Holla, wo treibst du dich herum?« Der große blonde Mann tauchte wieder auf.

John Whitney ging erneut in Deckung. Sherlock blickte hoch und sagte in ganz normalem Gesprächston: »In Ordnung, ich hab' ihn.«

»Danke«, sagte der Mann.

»Geh zu deinem Herrn!«

Der Hund lief zu dem Fremden. »Ein schönes Tier«, bemerkte Sherlock.

»Allerdings«, sagte der andere. »Nur macht er gern Unfug. Komm, Clinker, bist ein braver Hund. Auf Wiedersehen dann.« Er führte die rechte Hand, zwei Finger ausgestreckt, grüßend zur Stirn, und ging über den Gang weiter. Der Hund folgte ihm auf den Fersen.

»Wiedersehen!« rief Sherlock.

»Junge, das nenne ich schnell schalten!« John Whitney wagte sich wieder hervor. »Und wenn's nicht sein Hund gewesen wäre?«

»Oh, das war doch sonnenklar, John. Am Blick eines Hundes erkennt man ganz unmißverständlich, ob es sein Herr ist, der ihn ruft.«

»Er hat noch nicht einmal gefragt, wer du bist.«

»Warum sollte er? Schließlich tat ich so, als ob ich hierher gehöre. Und so hat er's auch aufgefaßt. Der Mann ist ganz offensichtlich fremd in diesem Haus. Hast du nicht gesehen, wie sehr er sich für die Bilder interessierte?«
»Dann gehört also ihm der Hund und nicht Oberst Turnbull?« fragte John Whitney.
»Genau!« antwortete Sherlock. »Clinker war allem Anschein nach die vergangenen Wochen zum Abrichten hier.«

Wenig später fand Sherlock hinter einer Tür im Erdgeschoß das, was er gesucht hatte. »Da haben wir ja unsere Puppen!« rief er leise. »Hier also dürfte der Mittelpunkt des Geschehens sein.«
Die beiden Männer huschten in den ungewöhnlich großen Raum. Entlang der einen Wand war eine lange niedrige Plattform aufgebaut, zu der an beiden Enden Stufen hinaufführten. Etwa in der Mitte der Plattform hatte man einen Türrahmen errichtet, der mit Hölzern abgestützt und mit schweren Gewichten verankert war. In einiger Entfernung standen ein kleiner runder Tisch und ein niedriger, samtüberzogener Armsessel mit geschnitzter Rückenlehne. Zwischen Türrahmen und Tisch waren vier Schaufensterpuppen aufgebaut, zwei männliche und zwei weibliche. Alle trugen festliche Kleidung; eine Figur hatte ein indisches Gewand an und einen Turban auf dem Kopf. Auf den Zimmerboden waren parallel zur Plattform mehrere weiße Linien gezogen.
Sherlock wußte sofort Bescheid. »Ganz offensichtlich das Modell eines Gebäudes. Ich bin sicher, daß auch der Maßstab stimmt.«
»Ein recht eigenartiges Gebäude, so lang und schmal«, fand John Whitney.
Aber Sherlock war schon zur gegenüberliegenden Wand gegangen, wo Holzbänke und -stühle sowie ein zweiter Tisch standen. Darauf lag allerlei Krimskrams, Schreibgerät, Papierbogen, Kreidestückchen, Farbtöpfe mit Pinseln und alle möglichen Reste und Schnipsel aus Leder, Stoff, Holz und Karton. Sherlock durchwühlte mit flin-

ken Fingern den Haufen, bis er schließlich unter einem Stück weißen Karton ein schwarzes Holzkästchen, etwa von der Größe einer kleinen Teebüchse, entdeckte. Er klappte den Deckel auf und zeigte es triumphierend John Whitney. »Siehst du, John, danach habe ich die ganze Zeit hier im Haus gesucht!«
»Was ist das?« fragte John Whitney und trat zu Sherlock.
»Da drin ist das, was Natty Dan umgebracht hat!« Mit diesen Worten entnahm Sherlock dem Kästchen schwungvoll ein schwarzes Gummiband, ähnlich dem, mit dem Sergeant Grimshaw das Tuch mit den Pilzen zugeschnürt hatte. Auch in dieses Gummiband war ein kleines Lederpolster eingesetzt. Diesmal allerdings steckte ein Rosendorn darin, den ein zweites, von hinten dagegengeklebtes Stückchen quadratisches Leder fixierte. Sherlock fuhr fort: »Dieses einfache, gänzlich unauffällige, aber tödlich wirkende Instrument paßt, wie man sieht, haargenau an Clinkers Pfote, und dort wird es völlig vom Hundehaar verdeckt.«
Sherlock unterbrach sich, lauschte angespannt und sagte dann: »Ich glaube, ich höre Schritte. Sie sind noch weit weg, aber sie kommen näher.«
»Ich geh' nachsehen.« John Whitney öffnete die Tür. Ein paar Sekunden später flüsterte er: »Da kommt eine ganze Heerschar!«
Sherlock überflog mit einem schnellen Blick den Raum. An dem der Tür entgegengesetzten Ende lag ein Haufen aus Packmaterial, Teekisten, Schachteln, Brettern, Latten und ähnlichem.
»Schnell, dort hinter den Haufen Zeug an der Wand!«
Kaum waren die beiden dahinter verschwunden, traten der Oberst, Jasper, Ranjeet, ein paar indische Diener und der blonde Fremde ins Zimmer. Letzterer trug nun die Uniform eines Eisenbahners, und um den Hals seines Hundes war eine Sammelbüchse geschnallt, auf der stand: »Helft den Witwen und Waisen.«
»Jetzt weiß ich's, die Linien auf dem Fußboden deuten einen Bahnsteig an«, wisperte John Whitney.
»Genau«, antwortete Sherlock.

»Sag nur, daß du das schon gewußt hast!«
»Aber klar. Es gibt mehr als einen Hinweis darauf«, sagte Sherlock, ohne dabei das Geschehen im Zimmer außer acht zu lassen. »Beispielsweise die Art, wie der Mann mit dem Hund die Finger zur Stirn führte, als er ging. Ich habe beobachtet, daß vorzugsweise Leute mit Schirmmützen auf diese Weise grüßen.«
»Schirmmützen gibt es aber nicht nur bei Eisenbahnern«, widersprach John Whitney so nachdrücklich, wie er es unter den gegebenen Umständen wagen mochte.
»Zugegeben. Aber schau dir mal an, wie er dasteht. Er hat ganz die Haltung eines Mannes, der sich die längste Zeit des Tages an einen Gepäckkarren lehnt. Ich halte ihn für einen Gepäckträger. Außerdem wissen wir, daß der Bahnhofsvorsteher von Preston regelmäßig Gast in diesem Hause war.«
Inzwischen hatte sich Ranjeet an dem wackligen Tischchen gegenüber der Plattform niedergelassen. Jasper lehnte an einer Bank, der Oberst und der Gepäckträger standen zusammen am Ende der Plattform.
Ranjeet sagte zum Obersten: »Wir wollen jetzt die Sache ganz von Anfang an durchspielen. Es ist das letzte Mal, daß wir es zusammen zu hören bekommen.«
»Gut«, antwortete der Oberst. »Alles fertig?« Er schaute sich suchend im Zimmer um. »Wo zum Teufel steckt dieses verdammte Weib?«
Vom Flur her hörte man eine Frau mit gebieterischer Stimme antworten: »Hier sind wir, Oberst Turnbull!«
Die Tür ging auf, und herein kam eine kleine, plumpe, etwa fünfzig Jahre alte Frau mit leicht ergrautem Haar. Sie war ganz in Schwarz gekleidet und stützte sich auf einen Stock.
»Mein Gott!« flüsterte John Whitney. »Die Königin!«
»Ja«, sagte Sherlock und lächelte ihn an. »Victoria Regina, so wie Bessie Bright sie im ›Old Mo‹ zu verkörpern pflegte. Und ich muß zugeben, sie macht ihre Sache ausgezeichnet.«

Die Hand des Glasschneiders

Mrs. Turnbull spielte ihre Rolle als Königin Victoria glänzend. Sie schritt majestätisch zum samtüberzogenen Sessel auf der hölzernen Plattform und bedachte dabei alle Anwesenden der Reihe nach mit einem huldvollen Neigen des Hauptes. Das nahm geraume Zeit in Anspruch, und ganz offensichtlich hatte Oberst Turnbull das Gefühl, daß sie übertreibe. Als sie sich schließlich im Sessel niederließ, starrte er sie böse an. Sie schenkte ihm ein warmes Lächeln und sagte im unverkennbaren Tonfall der Königin: »Wir sind soweit, Oberst, Sie können beginnen.«

Der ließ ein Schnauben hören und begann: »Na schön. Dies«, er deutete auf die von weißen Linien umschlossene Fußbodenfläche, »ist der Bahnsteig im Bahnhof Lancaster. Wir haben Freitag, den 24. November. Um ein Uhr fährt der Zug der Königin ein; sie ist auf dem Weg von Ballater bei Balmoral nach Windsor. Der Zug hält hier, damit das Mittagessen in den Wagen gebracht werden kann. Die Königin hat sich gnädigerweise bereit erklärt, während dieses kurzen Halts einen Beitrag zur Sammlung für die in Not geratenen Witwen und Waisen von Eisenbahnern zu leisten, die zur Zeit stattfindet. Bates hier, dienstältester Gepäckträger, hatte die wirklich originelle Idee, zur Steigerung der Spendenfreudigkeit einen Hund einzusetzen, und Ihre Majestät, deren Vorliebe für Hunde bekannt ist, haben den Wunsch geäußert, Clinker persönlich kennenzulernen. Daß der Hund in der letzten Zeit nicht an seinem gewohnten Platz am Bahnhof war, hatte man beiläufig damit erklärt, daß er sich an der Pfote verletzt hatte.«

»Ich hab' gesagt, daß er sich den Fuß bei der Jagd nach Kaninchen

verstaucht hat«, warf Bates ein. »Das ist dem verrückten Kerl schon mehr als einmal passiert.«
Der Oberst starrte ihn gereizt an. »Schon gut. Weiter. Jetzt steht der Zug im Bahnhof, Bates. Wenn Ihre Majestät bereit ist, wird man Sie auffordern, vor ihr zu erscheinen. Zu diesem Zeitpunkt ist der Hund natürlich auf die erforderliche Weise vorbereitet. Sie wissen genau, wann und wo?«
»Jawohl«, antwortete der Eisenbahner im Brustton der Überzeugung.
»Und Sie kennen die Signale?«
Wieder antwortete Bates »Jawohl«. Er stieß einen gedämpften, kurzen, scharfen Piff aus. Sofort hob der Hund die rechte Vorderpfote. Bates pfiff wieder, doch jetzt zweimal kurz. Der Hund setzte die Pfote wieder auf den Boden.
»Gut«, lobte der Oberst. »Das Pfeifen dürfte völlig in den Geräuschen des Bahnhofs untergehen. Führen Sie jetzt den Hund zum Zug.«
Bates pfiff einmal kurz und ging auf den Obersten zu, neben sich den Hund, der nun auf drei Beinen lief.
»Damit wird verhindert, daß die Spitze des Dorns abbricht«, fuhr der Oberst fort. »Aber sobald Sie in den königlichen Salonwagen kommen, der mit Teppichen ausgelegt ist, bringen Sie den Hund dazu, daß er auf allen Vieren läuft.«
Wieder pfiff Bates. Der Hund gehorchte sofort.
»Im Salonwagen der Königin begegnen Sie verschiedenen Personen aus dem Gefolge. Hier diese Puppen stellen sie dar.« Und er stellte der Reihe nach vor: »Der Munshi, der indische Leibsekretär der Königin. Er genießt das volle Vertrauen Ihrer Majestät und ist unserer Sache treu ergeben. Ferner ist da eine Hofdame, vermutlich die Marquise von Ely. Aller Wahrscheinlichkeit nach befindet sich auch die vierzehnjährige Prinzessin Beatrice im Wagen. Gehen Sie jetzt hinein...«
Bates und der Hund traten durch den leeren Türrahmen und näher-

ten sich dem Sessel, auf dem Mrs. Turnbull thronte. Als sie ihn erreicht hatten, zog Bates die Kappe, und der Hund setzte sich hin.
»Gut so«, lobte der Oberst. »Jetzt wird Ihre Majestät sicher ein paar Worte an Sie richten. Dann wird sie ein paar Geldstücke, schätzungsweise Goldmünzen, in die Sammelbüchse werfen.« Er fuhr herum zu Mrs. Turnbull und bellte: »Jetzt Sie, die Münzen!« Offenbar brachte es ihn auf, wie leicht ihr das königliche Gehabe fiel. Mrs. Turnbull hatte einen kleinen Lederbeutel bei sich. Daraus nahm sie jetzt ein paar Münzen und ließ betont langsam eine nach der anderen in die Büchse am Hals des Hundes fallen. Kaum war das geschehen, legte ihr der Hund, wie um sich zu bedanken, die rechte Vorderpfote aufs Knie und wedelte heftig mit dem Schwanz.
John Whitney erschrak fürchterlich und flüsterte Sherlock zu: »Also ein Mordanschlag auf die Königin!«
»Viel raffinierter, wie du noch merken wirst«, antwortete Sherlock ebenso leise. »Denk doch an das weiße Zimmer.«
Inzwischen hatte Albert Bates den Ablauf der Handlung unterbrochen, denn mit seinem einfachen und praktischen Sinn hatte er im großartigen Plan des Professors einige Schwachstellen entdeckt.
»Aber sie wird doch bestimmt laut aufschreien, wenn sie der Dorn piekst«, wandte er sich an den Obersten.
»Mr. Bates«, sagte Mrs. Turnbull äußerst hoheitsvoll. »Wir sind gewöhnt, solch geringfügige Beeinträchtigungen unseres Wohlbefindens einfach zu übergehen, und äußern uns nicht über die spitzen Krallen unserer Lieblinge.«
Jasper unterdrückte ein Lachen. Er war voll Bewunderung für Bessie Bright in dieser Rolle. Ranjeet und der Oberst zeigten sich ungehalten über die Unterbrechung. Bates jedoch ließ sich nicht beirren. Wieder wandte er sich an den Obersten und sagte treuherzig: »Und wenn der kleine Dorn die vielen ... ach, Sie wissen schon ... na ja...« – schließlich flüsterte er das Wort ›Untergewänder‹ – »Ihrer Majestät nicht durchdringt? Es heißt doch«, fügte er wie einer, der Bescheid weiß, hinzu, »daß sie mehr drunter als drüber trägt.«

Jasper brach in lautes Lachen aus, doch ein Blick von Ranjeet ließ ihn abrupt verstummen. »Zeigen wir ihm, wie gut der Dorn funktioniert.« Ranjeet gab einem der indischen Diener, der am Rand der Plattform neben der fünften Schaufensterpuppe stand, ein Zeichen. Der hob das Gewand der Puppe und entblößte ihren Oberschenkel. Er war mit einem dünnen Kissen bedeckt, das das Fleisch vortäuschen sollte. Das Kissen war völlig zerfetzt.

»Um alles in der Welt«, rief Bates bei diesem Anblick. »Es wird sie doch nicht umbringen? Damit will ich nichts zu tun haben, auch nicht für die hundert Pfund!«

»Mr. Bates«, sagte Ranjeet sehr bestimmt, so daß es die Lachlust jedes Anwesenden im Keim erstickte. »Diese Puppe hat immer wieder zum Üben gedient. In Wirklichkeit gibt es einen einzigen kleinen Einstich. Wir haben monatelang unsere Versuche angestellt. Sie bekommt genau die richtige Dosis. Wir haben das sogar an einem Menschen ausprobiert. Wir wissen haargenau, wann sie das Bewußtsein verliert und für wie lange. Ihre Majestät wird auf halber Strecke zwischen Lancaster und Preston von einem Unwohlsein befallen werden. Auf halber Strecke!«

»Also dazu«, flüsterte Sherlock John Whitney zu, »hat man Natty gebraucht. Es war sein Pech, daß er etwa dieselbe Statur wie die Königin hatte; so war er das ideale Versuchskaninchen für die Bande.«

»Aber er ist gestorben!« entgegnete John Whitney mit Nachdruck.

»Offensichtlich lief dieser überaus zutrauliche Hund ohne Wissen der Verschwörer in jener Nacht hinter Natty Dan her bis zur Hütte und verabreichte ihm eine nicht eingeplante zusätzliche, die tödliche Dosis der Droge«, erklärte Sherlock.

Albert Bates' Rolle im Spiel war mittlerweile zu Ende. Er verließ mit Clinker die Plattform und ging in den hinteren Teil des Zimmers, wo er nur wenige Schritte von John Whitneys und Sherlocks Versteck stehenblieb. Der Hund witterte sogleich die beiden Männer hinter den Kisten. Mit ungestümem Schwanzwedeln begann er sich zu ihnen vorzuarbeiten.

»Hau ab!« zischte Sherlock.
Doch der Hund gab nur ein kurzes begeistertes Kläffen von sich. Albert Bates bückte sich, um zu sehen, was der Hund da unten so anziehend fand, und sah sich plötzlich Auge in Auge mit Sherlock.
»Oh, hallo! Sie sind's!« sagte er, denn er nahm ganz selbstverständlich an, daß Sherlock ebenfalls eine wichtige Rolle im Spiel innehatte und auf sein Stichwort wartete. »Wie geht's immer?«
Jasper war aufmerksam geworden. Er stand auf, bedeutete den anderen, ihm zu folgen, und näherte sich dem Versteck.
»Danke, alter Freund«, sagte Sherlock zu Bates. »Würden Sie bitte beiseite treten? Jetzt kommt ein besonders schwieriger Teil des Unternehmens, für den wir Platz brauchen.«
»Entschuldigung!« Bates hob kurz die Finger zum Gruß und verschwand aus Sherlocks Blickfeld.
»Paß auf«, flüsterte Sherlock John Whitney zu, »wenn ich ›los‹ sage, stößt du das Zeug weg und rennst!« Ein paar Sekunden später schrie er »Los!« Beide stemmten sich mit aller Kraft gegen den Berg aus Kisten und Kartons, brachen aus ihrem Versteck hervor und rasten mit mächtigen Sätzen über alle Hindernisse hinweg zur Tür.
»Ihnen nach!« brüllte Jasper und setzte sich an die Spitze der Verfolgungsjagd.
Albert Bates blickte den mit lautem Geschrei aus dem Zimmer stürmenden Männern nach und sagte zu Mrs. Turnbull: »Sieht so aus, als liefe alles ganz glatt, meinen Sie nicht auch?«
Mrs. Turnbull funkelte ihn zornbebend an und fauchte verächtlich: »Idiot!«
Sherlock und John Whitney rannten dicht hintereinander den Flur entlang. »Zurück in den Salon«, rief Sherlock, »zur Geheimtür hinter dem Kamin und auf demselben Weg wieder raus!«
Schon waren sie in der Eingangshalle, und gleich darauf schlug John Whitney die Tür des Salons hinter sich zu und drehte den Schlüssel im Schloß. Sherlock stand bereits neben dem Kamin und griff nach der geschnitzten Rosette, mit der sich die Geheimtür vom Zimmer

aus betätigen ließ. Aber als er daran drehte, zerbröselte sie ihm unter der Hand. »Holzwurm!« knurrte er. »So kommen wir also nicht weg!« Dann lief er zurück zur Tür, schloß auf und spähte hinaus in die Eingangshalle. Alles war ruhig, niemand war zu sehen.

»Sieh mal«, sagte John Whitney, »die Haustür steht offen. Wahrscheinlich glauben sie, wir seien da durchgegangen. Los, nichts wie weg!«

Aber Sherlock packte ihn am Arm und zischte: »Nein, das könnte eine Falle sein. Wahrscheinlich lauern sie irgendwo draußen auf uns. Besser, wir nehmen den Geheimgang im Obergeschoß.« Und er schlich voraus in die Eingangshalle. Sie waren gerade mitten im Raum, da hörten sie ein leises Rascheln. Von oben fiel ein großes Netz über sie und verhedderte sich mit ihnen zu einem zappelnden Bündel auf dem Boden. Aus den dunklen Nischen traten Jasper, Ranjeet und der Oberst, der eine Injektionsspritze in der Hand hielt.

»Das hätten wir«, sagte Jasper. »Ist die Spritze fertig, Oberst?«

Hilflos mußten die beiden im Netz zusehen, wie die Männer näherkamen.

Sherlocks von der Droge herbeigeführter Schlaf war tief und voller phantastischer Träume. Er spürte eine Art Bedauern, als er allmählich wieder in die Wirklichkeit zurückglitt. Er wußte weder, wo er sich befand, noch wie lange er bewußtlos gewesen war.

Als er aufwachte, lag er in einem Bett und hatte ein Nachthemd an. Ihm brummte der Schädel, und die kahlen Wände und die Zimmerdecke wellten sich und schwankten vor seinen Augen. Er versuchte die Lampe, die von der Decke hing, fest in den Blick zu nehmen, aber sie war abwechselnd weit weg und dann wieder ganz nah, so daß er schließlich wegschauen mußte. Dann vernahm er aus weiter Ferne, wie ein Echo, eine Stimme, die sagte: »So, junger Freund, sind wir endlich wieder bei uns? So ist's recht!«

Sherlock hob mit äußerster Kraftanstrengung zentimeterweise den

Kopf. Er war so unendlich schwer, daß er ihn kaum hochbrachte. Kurz bevor er ihn wieder zurücksinken lassen mußte, sah er am Fußende des Bettes einen großen dunkelhaarigen Mann mit Bart.

»Wo bin ich?« flüsterte er, ohne sich zu bewegen, die Augen nur einen Spalt offen.

»Im Hospital«, antwortete der Mann, »im königlichen Spital in Preston. Ich bin Dr. Greasley. Man hat Sie und Ihren Begleiter« – dabei deutete er auf John Whitney, der, immer noch der Welt entrückt, im Bett neben ihm lag – »vor einer Woche abends bewußtlos im Avenham Park gefunden.«

»Vor einer Woche?« fragte Sherlock benommen. »Was für ein Tag ist heute?«

»Freitag«, antwortete der Doktor.

»Freitag!« Sherlock sah im Geist das weiße Zimmer im Herrenhaus mit dem Kalender an der Wand und sagte laut: »Also Freitag, der 24. November!«

»Nein«, erwiderte der Doktor. »Freitag, der 1. Dezember.«

Was? War eine ganze Woche vergangen? Waren sie die ganze Zeit hier gewesen? Das letzte, woran er sich erinnerte, waren das Netz und die Spritze.

»Dann ist es zu spät«, murmelte er und schloß die Augen. Er fiel in den dunklen Abgrund der Verzweiflung. Dann ertönte wieder des Doktors Stimme: »Zu spät wofür?«

Unter Aufbietung aller Kräfte stützte sich Sherlock auf einen Ellbogen und sagte: »Wir haben eine Verschwörung zur Entführung der Königin belauscht.«

Während er die Geschehnisse im Herrenhaus berichtete, kam auch John Whitney wieder zu sich. Er murmelte schwach: »Wir wollten es verhindern.«

Sherlock schloß seinen Bericht: »Ich rechne nicht damit, daß Sie uns glauben.«

Aber der Doktor glaubte ihm. »Die ganze Geschichte stand ausführlich in den Zeitungen«, berichtete er. »Machen Sie sich keine

Sorgen, die Entführung wurde vereitelt. Irgendein Gepäckträger hat Wind davon bekommen und die Verschwörung aufgedeckt.«
»Bates«, murmelte Sherlock.
»Ja, so hieß er, glaube ich«, sagte der Doktor und zog eine zusammengefaltete Zeitung aus der Tasche seines Kittels.
»Hier, in der heutigen Morgenausgabe des ›Preston Guardian‹ steht mehr.« Er las vor: »›Gepäckträger aus Preston vereitelt Entführung der Königin.‹ Dann folgt ein langer und ausführlicher Bericht. Nun, jedenfalls ist alles vorbei. Ihre Angehörigen sind verständigt und wissen, daß Sie beide im Hospital in Sicherheit sind. In ein, zwei Tagen fühlen Sie sich wieder ganz wohl. Ja, das wär's. Sie sollten aber jetzt ruhen.«
»Ich danke Ihnen«, sagte Sherlock, »Sie haben uns eine schwere Last von der Seele genommen.«
Dr. Greasley verließ das Zimmer.
»Gott sei Dank, daß alles vorbei ist«, seufzte John Whitney und streckte sich wieder zum Schlafen aus.
»Ich glaube nicht, daß alles vorbei ist«, sagte Sherlock und setzte sich auf die Bettkante. »Los, John, nimm dich zusammen und steh auf.«
John Whitney bemühte sich, Sherlocks Wunsch nachzukommen. Er war noch ganz benommen.
»Komm zu dir, John«, bedrängte ihn Sherlock Holmes. »Mir gibt hier etliches zu denken. Erstens: Warum sagt der Mann, daß er aus dem ›Preston Guardian‹ vorliest, wenn er ›The Western Morning News‹ in der Hand hält?«
John Whitney starrte ihn verständnislos an.
»Das sieht doch jeder, der auch nur die geringste Ahnung von Zeitungen und ihrer Aufmachung hat. Zweitens: Der Mann ist ebenso wenig ein Doktor wie ich. Seine Hände verraten ganz deutlich, daß er von Beruf Glasschneider sein muß. Drittens: Wieso liegt hier unter dem Stuhl Zigarrenasche? Und zwar von einer Trichinopolis, wenn ich recht sehe. Ich denke, das hier soll ein Hospital sein!«

John Whitney versuchte verzweifelt, den Blick auf das kleine Häufchen schwarzer Asche zu konzentrieren. Aber selbst der Stuhl blieb ein schattenhafter Umriß.

»Reiß dich zusammen, du mußt dich konzentrieren«, drängte ihn Sherlock. »Oberst Turnbull raucht Trichinopolis-Zigarren, du erinnerst dich doch? Halt, ich glaube, es gibt einen noch überzeugenderen Beweis.« Er schob den linken Ärmel zurück. »Ja! Sieh nur!« Er deutete auf einen Einstich am Unterarm. »Läge wirklich alles schon eine Woche zurück, dann müßte diese winzige Wunde doch längst verheilt sein – oder nicht?«

»Wie? Ja! Aber natürlich!« sagte Whitney. Allmählich kam ihm der Ernst ihrer Situation zu Bewußtsein, und das hatte eine wundervoll klärende Wirkung auf seinen Kopf.

Sherlock sprang auf und lief zur gegenüberliegenden Wand. Er fand dort an zwei Stellen Nagellöcher. »Das weiße Zimmer«, sagte er. »Als wir das letzte Mal hier waren, konnte man die Löcher nicht sehen, weil da die Uhr und der Kalender hingen.« Er lief zum Fenster und klappte die Läden auf. Es gab keinen Blick mehr auf den Rasen hinterm Haus: Das Fenster war zugemauert. Sherlocks Blick fiel auf einen schmalen, weißgestrichenen Schrank an der Wand, der vorher nicht im Zimmer gewesen war. Er öffnete ihn. Drinnen lagen ihre Kleider. Er warf sie aufs Bett und sagte zu John Whitney: »Da, zieh dich an!«

John Whitney kletterte aus dem Bett. »An der Tür hast du es noch nicht versucht«, stellte er fest.

»Abgeschlossen und verriegelt«, antwortete Sherlock, während er in seine Hosen stieg. »Da kommen wir auf keinen Fall heraus. Ich hab's am Klang gehört, als sie geschlossen wurde: beste Arbeit, gut geölt, Schloß und Angeln vom Fachmann. Nein, wir müssen warten, bis jemand kommt und aufmacht. Und für diesen Augenblick müssen wir gerüstet sein.«

Sherlock griff über das Bett zur Wasserkaraffe auf dem Nachttisch und stieß sie um. Das Wasser lief auf den Boden und versickerte.

John Whitney, der gerade sein Hemd zuknöpfte, schaute entgeistert zu. Dann nahm Sherlock einen seiner Schuhe und legte ihn umgekippt in die Mitte des Zimmers auf einen sorgfältig bestimmten Punkt zwischen Tür und Bett.
»Was zum Teufel machst du da?« fragte John Whitney.
»John, wenn sie kommen, müssen wir im Bett liegen«, erklärte Sherlock. »Wenn sie dann durchs Guckloch hereinschauen...«
»Guckloch?« sagte Whitney verständnislos.
»Oh, John, du merkst auch gar nichts.« Sherlock lächelte.
»In der Tür! Nun, wenn sie durchs Guckloch schauen und die Betten leer sehen, schöpfen sie garantiert Verdacht. Sehen sie uns beide hingegen friedlich im Bett liegen, dann gehen sie wahrscheinlich wieder. Wir müssen also unbedingt ihre Neugierde so weit wecken, daß sie aufschließen und hereinkommen. Und wer würde wohl nicht nachschauen, wenn da ein einzelner Schuh liegt und die Wasserkaraffe umgestoßen ist?«
»Und bis es soweit ist?« fragte John Whitney, der durchaus nicht überzeugt war, daß der Plan Erfolg haben würde.
»Liegen wir im Bett«, fuhr Sherlock fort, »tun so, als ob wir schlafen, und sind bereit, uns auf den zu stürzen, der hereinkommt.«

Es war genau so wie der Doktor gesagt hatte: Ihre Angehörigen waren verständigt worden. Allerdings hatte man nur Sherlocks Verwandten das Märchen vom Hospital aufgetischt. Erfahren hatte Tante Rachel die Neuigkeit am späten Donnerstagabend von Sergeant Grimshaw persönlich. Er war übrigens recht kühl gegen Mrs. Cunliffe gewesen und hatte wiederholt beteuert, er sei nur gekommen, um eine äußerst wichtige Nachricht aus dem Spital zu übermitteln.
Der Wortlaut der auf das sorgfältigste formulierten Nachricht stammte, was er nicht wußte, vom Professor persönlich. Ihr wesentlicher Inhalt war, daß man Sherlock und Dr. Whitney »delirierend« auf der Straße in Preston aufgegriffen hatte. Dann war mehr-

fach die Rede von »Fieber« und »Quarantäne«, worauf sofort vor Tante Rachels Augen das Gespenst jener Typhusinfektion auftauchte, die Sherlock vorzeitig in die Ferien nach Hause gebracht hatte.
Als tags darauf Onkel Gideon zum Frühstück kam, fand er seine Schwester in einem Zustand höchster Erregung. Charity sehe blaß aus. Und sie sei müde. Sie habe doch tatsächlich gegähnt. Außerdem habe sie beim Anziehen eindeutig eine Gänsehaut gehabt (wo es doch erst November und noch gar nicht besonders kalt sei). Und nun stellten beide eine ungesunde Röte bei Charity fest. Zugegeben, sie hatte am Feuer gesessen. Aber war ihr Gesicht nicht doch ein bißchen zu stark gerötet? Alle halbe Stunde hatte man Charitys Temperatur gemessen und ihr den Puls gefühlt. Beides schien normal. Aber Tante Rachel wußte nur zu gut, wie wenig man sich darauf verlassen konnte.
Also wurde Charity ins Wohnzimmer gepackt. Mrs. Cunliffe erhielt strikte Anweisung, ein ordentliches Feuer in Gang zu halten und Charity den leisesten Wunsch nach Speise und Trank zu erfüllen. Den ganzen Tag über wurde sie von allen beobachtet, als sei sie eine tickende Zeitbombe. Charity genoß es in vollen Zügen, so im Mittelpunkt zu stehen.
An Sherlock dachte niemand mehr.

Nicht Sergeant Grimshaw war es hingegen, der Doktor Sowerbutts und Charlotte die Nachricht von Johns Verbleib brachte, sondern ein großer, kräftiger Seemann mit einer tiefen Narbe in der rechten Wange und einem goldenen Ring im Ohr. Er kam am Freitag in aller Frühe. Er hatte die beiden jungen Männer, die er genau beschrieb, am späten Abend des vergangenen Tages in einer Kneipe in Preston getroffen. Sie hatten ihm einen Sovereign versprochen, wenn er die folgende geheimnisvolle Botschaft, die er auswendig hatte lernen müssen, überbrächte: »Der Fuchs hat sein Loch verlassen, und die Hunde sind auf seiner Fährte. Egal was ihr von anderer Seite

hört...« (Ein kluger Einfall! Er war dem Professor noch in letzter Minute gekommen, für den Fall, daß Charlotte oder Doktor Sowerbutts Tante Rachel treffen sollten!) »...hört, lächelt und schweigt. Unternehmt nichts, bis wir uns wieder melden.«
So also lautete die Botschaft, die der narbengezierte Seemann mit volltönender, salzgewürzter, in langen Jahren vor dem Mast geschulter Stimme vortrug.
»Guter Mann«, beschied ihn der alte Sowerbutts, »Sie haben uns eine große Sorge genommen und sich Ihren Sovereign wirklich verdient.«
»Die beiden Herrn ha'm mir nur 'nen halben Sovereign gegeben«, erklärte die Teerjacke. »Sie ha'm gesagt, den andern krieg' ich beim Empfänger der Botschaft.«
»Das ist ganz John – er denkt an alles«, sagte Charlotte lächelnd. Jetzt konnte sie wieder froh sein. Schließlich war sie heute früh doch in Sorge gewesen, weil ihr Mann nicht nach Hause gekommen war.
Der alte Sowerbutts kramte in der Hosentasche und brachte schließlich einen halben Sovereign zum Vorschein. Als er ihn dem Boten gab, nahm er sich vor, das Geld bei nächster Gelegenheit von John zurückzufordern.

Es ging schon auf zehn Uhr, als Doktor Greasley noch am gleichen Vormittag zum Herrenhaus zurückkam. Beim Hineingehen pfiff er vergnügt einen Seemannstanz und ließ einen halben Sovereign durch die Luft wirbeln.
Eine Stunde später kam auch Jasper Moran zurück. Er hatte am gleichen Vormittag Tante Rachel einen kurzen Besuch abgestattet, angeblich um seine Anteilnahme zum Ausdruck zu bringen und jede mögliche Hilfe anzubieten. In Wirklichkeit hatte er sich vergewissern wollen, daß die vom Professor erfundene Geschichte angekommen war und daß niemand auf dumme Gedanken kam, zum Beispiel den, Sherlock zu besuchen. Er hätte sich nicht zu sorgen

brauchen, denn niemand hatte hierzu die geringste Absicht. Allerdings hatte er ein von Charity persönlich aus einer Zeitschrift abgeschriebenes Gedicht »Der Kinderfreund« bei sich. Es war für Sherlock bestimmt, und Jasper hatte freudig zugesagt, es ihm später am Tage ins Spital zu bringen. Aber zunächst war Wichtigeres zu tun. Hufschlag und Räderrollen auf der kiesbestreuten Auffahrt zeigten ihm an, daß der Zeitpunkt zum Losschlagen gekommen war. Alles war bereit. In fünfundvierzig Minuten sollte der Zug der Königin im Bahnhof von Lancaster einlaufen.

Unerwartete Besucher

Sherlock schlief selig wie ein Kind, als ihn John Whitney an der Schulter rüttelte, um ihm zu sagen, daß er Schritte im Flur näherkommen hörte.
»Bleib ganz ruhig liegen«, zischte Sherlock. »Warte, bis er ins Zimmer kommt. Er wird zuerst zum Schuh gehen. Wenn er sich bückt, um ihn aufzuheben, stürzen wir uns auf ihn.«
Beide legten sich wieder hin und taten, als ob sie schliefen, wobei jeder fest einen Schuh umklammerte. Die Schritte kamen näher und verhielten vor der Tür. Hinter dem Guckloch erschien kurz ein Auge. Die Riegel wurden zurückgeschoben, der Schlüssel im Schloß gedreht, und ganz langsam ging die Tür auf. Der überaus vorsichtige Besucher schob sich verstohlen ins Zimmer und stieg behutsam über den Schuh. Er kümmerte sich überhaupt nicht um die umgefallene Karaffe, sondern steuerte geradewegs auf Sherlocks Bett zu, trat heran und beugte sich über ihn.
Sherlock stieß einen dumpfen Schrei aus, schnellte wie eine Feder hoch und packte ihn. Gleichzeitig sprang John Whitney, den Schuh in der Hand, aus dem Bett, um dem Freund beizustehen.
Da ertönte ein schreckerfüllter Aufschrei: »Ich bin's, ich! Aufhören! Ich bin's doch!« Schlagartig stoppten beide ihren Angriff.
»Newbugs?« Sherlock konnte es kaum glauben. »Du hier?«
»Ich hab' euch vergangene Nacht beobachtet«, gab der junge Mann Auskunft. Er rieb sich den Nacken, wo ihn John Whitneys erster Schlag getroffen hatte.
»Sah euch reingehen. Hab' gewartet. Und als ihr nicht wiedergekommen seid, bin ich hinter euch her.«

Sherlock und John Whitney waren wirklich gerührt und entschuldigten sich wortreich. Dann fragte Sherlock, ob er wisse, wie viele Leute im Augenblick im Hause seien. Newbugs bejahte und beschrieb sie. Es waren Jasper, Ranjeet und Greasley.
»Und was ist mit dem Obersten und Mrs. Turnbull?« fragte Sherlock.
»Fort.«
»In der Kutsche?«
»Hm.«
»Dann wird's Zeit, daß wir was unternehmen«, sagte Sherlock.
Auf dem Weg in den Salon begegneten sie keiner Menschenseele. Dort angekommen, setzte sich Sherlock an den Tisch und schrieb eine kurze Nachricht, die er an einen alten Freund seines Vaters adressierte: Oberst Hamilton, Fulwood-Kaserne, Kommandant der Garnison von Preston. Dann fragte er Newbugs: »Du kennst doch den alten Doktor Sowerbutts?«
»Ja, der Läusedoktor«, antwortete Newbugs, eingedenk bitterer Erfahrungen.
»Richtig. Nur eins von seinen vielen Talenten.« Sherlock lächelte. »Doch Spaß beiseite. Du bringst ihm das hier und sagst ihm, daß e mir dafür bürgt, daß es auf schnellstem Wege weiterbefördert wird. Also los, fort mit dir! Lauf, so schnell du kannst!«
Wie der Blitz war Newbugs draußen.

Es war Greasley, der entdeckte, daß die Gefangenen aus dem weißen Zimmer verschwunden waren. Er schrie laut: »Jasper! Ranjeet! Das Zimmer ist leer! Sie sind fort!«
Er rannte in die Eingangshalle. Jasper und Ranjeet kamen in höchster Eile die Treppe herunter.
»Wir müssen sie finden!« tobte der Inder. Sherlock gedachte es ihnen leicht zu machen. Er steckte den Kopf aus dem Salon und rief: »Suchen Sie jemand?«
Hinter der Tür stand John Whitney, in der Hand eine schwere

Bronzestatuette, die er vom Kaminsims genommen hatte. Er wußte nicht, daß Ranjeet dieses Stück besonders liebte, weil es Nana Sahib darstellte, den Anführer des Aufstandes von 1857 in Indien und den Hauptverantwortlichen für einen der blutigsten Zwischenfälle, das Massaker unter den Briten in Cawnpore. Doch das Schicksal verhinderte die Ironie, daß der Inder von seinem angebeteten Helden gefällt wurde. Es war Greasley, der als erster ins Zimmer kam und unter Nana Sahib zu Boden ging.

Jasper und Ranjeet erging es nicht viel besser. Sie wurden kurz nacheinander das Opfer von Sherlocks Schlagkraft mit der bloßen Faust. Die Kunst des Faustkampfes hatten ihm Freunde seines Vaters beigebracht, von denen viele in den sechziger Jahren der Brüderschaft angehört hatten, die sich »Freunde Korinths« nannte. Damals waren Namen wie Tom Sayers, Jem Mace und Tom King als berühmte Preisboxer in aller Munde.

»Das wär's«, sagte John Whitney und drängte dann: »Komm, laß uns hier verschwinden und runter zum Bahnhof gehen.« Vorsichtig stieg er über den ausgestreckt am Boden liegenden Greasley hinweg, um die Statuette wieder auf den Kaminsims zu stellen.

»Langsam, John«, sagte Sherlock. »Für den Bahnhof ist gesorgt. Wir müssen auf diese Galgenvögel hier aufpassen, bis die Soldaten kommen.«

Dieser Vorschlag fand bei John Whitney offenbar nicht so recht Gefallen. Er war entsetzlich nervös und ganz durcheinander. »Eines begreife ich nicht, Sherlock«, meinte er völlig verwirrt und ratlos. »Wenn die Verschwörung nicht darauf abzielte, die Königin zu ermorden, was um alles in der Welt bezweckt sie dann?«

»Das sollte ja wohl inzwischen klar sein. Eine Kutsche mit doppeltem Boden, ein Zimmer, in dem die Zeit mit einem Vierundzwanzigstel der normalen Geschwindigkeit verstreicht, und eine Frau, die die Königin spielt: Offensichtlich hatte man vor, sie auf dem Bahnhof Preston auszutauschen.«

»Aber wie?«

»Wir wissen doch, daß der Königin in Lancaster ein Betäubungsmittel verabreicht werden sollte, so daß ihr irgendwo zwischen Lancaster und Preston unwohl werden muß. Daraufhin hält der Zug in Preston, damit man medizinischen Beistand herbeitelegraphieren kann. Ich denke mir, daß dann unser Oberst auftritt und, kräftig unterstützt vom Munshi, eine seltene, akute Erkrankung diagnostiziert, die sofort behandelt werden muß. Nun stellt der Oberst selbstverständlich gleich seine Kutsche für den Transport ins Hospital zur Verfügung. Natürlich wird der Munshi die Königin begleiten. Aber er ist ja in die geplante Entführung eingeweiht.«
»Aha«, sagte John Whitney. »Aber es fährt doch sicher auch eine Hofdame mit?«
»Natürlich. Nur braucht man kaum zehn Sekunden, um den Personentausch vorzunehmen. Ich möchte doch annehmen, daß es dem Munshi gelingen dürfte, die Hofdame für eine so kurze Zeit von der Kutsche fernzuhalten. Und die anderen Bediensteten, die mitfahren, kommen ja nicht in den Innenraum der Kutsche; sie sehen und hören bestimmt nichts. Sicherlich fährt ein Teil des königlichen Gefolges dicht hinterdrein, so daß die Kutsche mit der Königin keinen Moment unbeobachtet ist. Doch das spielt überhaupt keine Rolle. Bei der Ankunft vor dem Hospital in Preston begibt sich das Double ins Krankenhaus, um kurz darauf wieder gesund herauszukommen. Und dann geht es zurück zum Zug und nach Schloß Windsor.«
»Und die echte Königin?«
»Sie wird betäubt hierhergebracht und bleibt ein paar Tage im weißen Zimmer. Und sollte sie in ihrer Benommenheit die Uhr oder den Kalender wahrnehmen, so muß sie annehmen, daß sie gerade ein paar Stunden hier ist – genau so lange wie ihr Double im Hospital war.«
»Und wozu das Ganze?«
»Ich muß gestehen, daß ich das bis jetzt nicht sicher weiß«, antwortete Sherlock. »Aber es dürfte etwas mit dem ›Pfauenauge‹ und die-

sem Burschen von Maharadscha zu tun haben.« Er reichte John Whitney einen Brief, den er in der Tischschublade gefunden hatte. Der junge Doktor überflog rasch die wenigen Zeilen. »Dhuleep Singh«, sagte er nachdenklich. »War das nicht der abgesetzte Thronfolger des Maharadscha von Punjab?«
»Genau der«, sagte Sherlock. Seine Augen funkelten. »Er ist jetzt der Liebling der Londoner Gesellschaft und Günstling der Königin. Und wie wir aus dem Brief erfahren, hat er eine Einladung Ihrer Majestät für übermorgen nach Schloß Windsor.«
»Und du glaubst, daß das etwas zu bedeuten hat?«
»Ich glaube, daß das der Schlüssel zur ganzen Geschichte ist«, orakelte Sherlock.

Es war jetzt gerade halb zwei. Der Zug der Königin stand im Bahnhof von Lancaster. Das Mittagessen war vorüber. Der Munshi bat Albert Bates mit Clinker in den königlichen Salonwagen.

Es war etwa eine Dreiviertelstunde später. Die Szene im Herrenhaus ähnelte der im Haus so manchen Landedelmanns nach dem Essen, nur daß die drei bewußtlosen Männer am Boden nicht betrunken waren. John Whitney saß in einem Lehnstuhl und las im ersten Band einer in Leder gebundenen Ausgabe von Blairs »Die Kunst der Rhetorik«. Sherlock ruhte entspannt mit geschlossenen Augen im Sessel gegenüber. Da klopfte es laut an die Haustür.
»Das werden die Soldaten sein!« meinte John Whitney sehr erleichtert. Er sprang auf und lief in die Eingangshalle.
»Die haben's aber schnell geschafft«, murmelte Sherlock, ohne die Augen zu öffnen.
Der junge Doktor riß die Haustür auf. Doch wenn er einen Offizier im roten Rock und einen Trupp Reiter zu sehen erwartet hatte, dann hatte er sich getäuscht. Da war niemand.
»Sherlock!« rief er laut. »Da ist gar niemand!«
»Bist du sicher?« Sherlock tauchte wie herbeigezaubert in der Ein-

gangshalle auf. Er sprang zur Tür hinaus, lief die Vortreppe hinunter und untersuchte den Boden auf Spuren. »Seltsam«, murmelte er. Doch dann dämmerte es ihm, und er rief: »Ich Idiot! Ein Trick, der älteste Trick der Welt!« Er raste zurück in den Salon und sah gerade noch, wie die Geheimtür hinter dem Kamin an ihren Platz glitt. Jasper, Ranjeet und der Oberst waren verschwunden. Und mit ihnen die Statuette von Nana Sahib.
»Schnell!« rief er John Whitney zu und lief zurück zur Haustür. »Irgend jemand steckt im Geheimgang und hat die Geheimtür geöffnet. Wir müssen zurück in den Wald, zum Eingang des Tunnels!«
Aber es war schon zu spät. Man hörte ein Schwirren, dann lautes Klappern in schneller Folge. Vor alle Fenster und die Tür senkten sich Läden aus Metall. Rasch hüllte Dunkelheit die beiden ein. Sherlock schnappte sich noch schnell die Blendlaterne, die auf einem kleinen Tisch stand, und steckte sie an.
Plötzlich sagte er: »Pst!« Während er lauschte, überlief ihn ein Frösteln. Irgendwo über ihnen ertönte ein Zischen. »Gas, wenn mich nicht alles täuscht«, stellte er fest.
John Whitney rief: »Die Laterne! Schnell, mach sie aus! Ich kümmere mich ums Feuer!« Noch während er zum Kamin lief, wurden die Flammen von selbst schwächer und erloschen bald ganz.
»Kohlendioxid«, kommentierte Sherlock, der die Eigenschaften dieses Gases gut kannte. »Wir sollen also ersticken. Kohlendioxid ist schwerer als Luft. Wir müssen sehen, daß wir darüber bleiben. Steigen wir auf die Möbel, John. Je höher, desto besser.«
Beide ertasteten sich mit Händen und Füßen über die Vorsprünge und Schnitzereien der mächtigen, altmodischen Möbel den Weg nach oben, möglichst dicht unter die Decke.

Es war jetzt halb drei. Oberst Turnbulls Kutsche stand auf dem Droschkenplatz beim Bahnhof von Preston. Auf dem Bahnsteig unterhielten sich der Oberst und Mr. Prendergast, der Stationsvor-

steher, über Schmetterlinge in Indien. Am Londoner Gleis sprang das Signal auf »freie Fahrt«, und in weiter Ferne hörte man ein Pfeifen.
»Ah, das muß der Zug der Königin sein.« Der Stationsvorsteher zog seine Uhr und warf einen Blick darauf. »Er ist pünktlich, wie ich sehe.«

Sherlock machte sich Sorgen. Ganz offensichtlich war irgend etwas gründlich schiefgegangen. Die Soldaten waren ausgeblieben. Die Schicht Atemluft unter der Decke hatte nur noch eine Dicke von allenfalls einem Meter. Sie konnten beide nicht mehr höher steigen, und vor allem John Whitney ließ erste Anzeichen von Ermüdung erkennen. Vor seinen Augen verschwamm alles, ihm wurde schwindlig. Er würde sich nicht mehr lange auf seinem gefährlich schmalen Sitz halten können.
Sherlock überlegte rasch: Wie war das noch gewesen, als sich die Läden schlossen und sie sich in dieser nahezu ausweglosen Lage fanden? Und dann fiel es ihm wieder ein. Unmittelbar nachdem die eisernen Läden eingerastet waren und bevor das Gas einströmte, hatte er ein Klappern gehört, als werde eine Ankerkette abgerollt. Das Geräusch war von irgendwo dicht über ihm gekommen und konnte nur vom Kontrollmechanismus für die Läden stammen. Wenn er den doch erreichen könnte! Aber halt, es gab einen Weg: Durch den Kamin, denn die Kamine des Hauses standen untereinander in Verbindung. Aus Erzählungen wußte er, daß die Kaminfeger früher zum Reinigen Knaben in den Kamin klettern ließen. So war einer einmal unvermutet in seines Vaters Zimmer aufgetaucht, als dieser sich gerade rasierte. Wenn er also durch den Kamin im Salon hochkletterte, konnte er durch den nächsten Kamin im darüberliegenden Zimmer wieder heruntersteigen.
John Whitney war skeptisch. »Das schaffst du nie. Schließlich ist auch im Kamin Gas. Oder du bleibst stecken.«
»Ich versuche es trotzdem«, sagte Sherlock. »Halt mir die Daumen,

John. Und bleib um Himmelswillen wach. Wenn du runterfällst, hast du keine Chance. Zähle laut oder sag das Alphabet auf, meinetwegen auch ein Gedicht oder irgendetwas in der Art.«
Er holte noch einmal tief Luft, sprang dann zu Boden, stieg in den Kamin und begann zu klettern. Während er sich mit Händen und Füßen durch Schauer von Ruß und Mörtel nach oben arbeitete, hörte er John Whitney leiernd aufsagen:

»Ich denke oft an Kinderwonne,
Das Haus mit Ziegeln rot,
Das kleine Fenster, wo die Sonne
Den Morgengruß entbot.

Der Sonnenschein blieb nie zu lange,
Verließ bei Zeit den Ort.
In Finsternis ward mir nicht bange.
Wie gerne ruht' ich dort.«

In einer Wolke von Ruß und Ziegelbrocken landete Sherlock im Zimmer über dem Salon. Was einst das Schlafzimmer seines Vaters gewesen war, sah nun aus wie eine Kreuzung zwischen dem Schnürboden eines Theaters und dem Deck eines Kriegsschiffs. Überall Seile, Flaschenzüge, Takelwerk und Winden. Unter die Decke waren Stangen und Wellen mit Gegengewichten montiert. An den Wänden standen Speichenräder mit abgerollten Seilen, an den Enden Gangspills und Winden und auf dem Boden war ein Gewirr von Ketten und Kabeln. Sherlock rief in den Kamin: »John, ich bin oben. In ein paar Minuten hole ich dich raus! John! John! Melde dich doch!«
Keine Antwort.
»John!« schrie Sherlock nochmals, so laut er konnte. Nur das Echo gab ihm Antwort.
John Whitney lag bewegungslos auf dem Boden des Salons. Sher-

lock, der ahnte, was geschehen sein mußte, handelte schnell. Ein Blick genügte ihm, um zu erkennen, wozu jedes Teil diente und wie man es betätigen mußte. In Minutenschnelle hatte er die Eisenrollos vor der Haustür und den Fenstern des Salons hochgezogen. Dann raste er die Treppe hinunter zu John Whitney. Er schleppte ihn hinaus in die Eingangshalle und riß die Haustür auf.
Jetzt kam auch Hilfe. Sie kam, wie es aussah, von allen Seiten. Charlotte Whitney kam mit dem zweirädrigen Wagen angefahren. Über die Auffahrt trabte Rittmeister Cholmondely an der Spitze eines Trupps Reiter. Und aus dem Wald brach der alte Doktor Sowerbutts und stampfte schnaufend über den Rasen. Vor ihm her tanzte Newbugs und trieb ihn zur Eile an. Sherlock stand oben auf der Treppe, als sie alle unten zusammentrafen, und sagte nur: »Wurde aber auch Zeit!«

Für Rittmeister Cholmondely war der Tag eine einzige Enttäuschung. Auf Befehl seines Vorgesetzten, Oberst Hamilton, war er an der Spitze eines Reitertrupps von der Fulwood-Kaserne zum Bahnhof von Preston geprescht, um einen Anschlag auf die Königin zu vereiteln. Doch als er ankam, mußte er feststellen, daß der Zug mit der Königin genau zur vorgesehenen Zeit und ohne besondere Vorkommnisse durchgefahren war. Der Oberst und Mrs. Turnbull, die er hatte verhaften sollen, waren hingegen verschwunden. Er hatte dann seine Leute zum Herrenhaus geführt, um Jasper Moran, Ranjeet und Greasley festzunehmen. Doch auch die waren verschwunden. Er hatte mit einem Schlag seine Beute, seine Freunde und den freigebigsten Spender für wohltätige Zwecke verloren. Dieser Tag war für den Rittmeister wirklich eine Enttäuschung gewesen.
»Das Dumme ist«, sagte er unglücklich, nachdem sich alle niedergeschlagen und entmutigt in der Bibliothek zusammengefunden hatten, »daß wir niemanden beschuldigen, ja noch nicht einmal verhören können. Auch dem Munshi wird man ohne Beweis kaum etwas

anhaben können. Wir haben niemanden in Gewahrsam...« Er seufzte und nahm einen Schluck Brandy, den der alte Sowerbutts mitfühlend gestiftet hatte.
Newbugs jedoch war glücklich. Er lief draußen zwischen den Soldaten herum und starrte sie mit glänzenden Augen an, ein leichtes Opfer für jeden Werber.
»Also, ich hatte fest angenommen«, sagte Sherlock, »daß die Turnbulls hierher zurückkommen würden, um festzustellen, was schiefgegangen ist. Doch wir haben sie, vermute ich, zum letzten Mal gesehen.«
»Eines gibt mir noch Rätsel auf«, sagte John Whitney, der sich inzwischen einigermaßen erholt hatte, und sah Sherlock an.
»Was denn, John?«
»Warum hat der Zug nicht gehalten?«
»Weißt du, John, als wir das Kästchen in dem Übungsraum fanden, ergriff ich die elementare Vorsichtsmaßnahme, den vergifteten Dorn gegen einen vollkommen harmlosen ohne Spitze auszutauschen. Ich war, mußt du wissen, nicht unvorbereitet.«
»Dann war also die Königin nie wirklich in Gefahr?« fragte Charlotte.
»Nein, nie«, bestätigte Sherlock lächelnd.
»Das hättest du mir aber auch sagen können.« John Whitney war böse. »Damit hättest du mir viel Sorge erspart.«
»Das glaube ich kaum«, antwortete Sherlock. »Du hättest bestimmt etwas anderes gefunden, worum du dir hättest Sorgen machen können!«
Rittmeister Cholmondely goß sich geistesabwesend einen zweiten Brandy ein und sagte dann in vertraulichem Ton: »Übrigens dürfte es sich empfehlen, daß die ganze Geschichte unter uns bleibt und kein Wort nach außen dringt.« Alle nickten zustimmend.
»Selbstverständlich«, sagte John Whitney.
»Tante Rachel«, meinte Sherlock, »würde ohnedies kein Wort glauben. Auf Jasper oder die Turnbulls läßt sie nichts kommen.«

In den nächsten vier Tagen tat sich überhaupt nichts. Sherlock verbrachte die meiste Zeit in seinem Zimmer. Der Klang seiner Violine erfüllte das ganze Haus. Onkel Gideon und Charity beschwerten sich bitter über den Lärm. Aber Tante Rachel weigerte sich, ihm das Spielen zu verbieten.

»Der arme Junge leidet ganz offensichtlich noch unter den Folgen seiner Krankheit«, sagte sie. »Sie war erfreulich kurz und er hatte nicht, wie ich befürchtete, Typhus. Aber sie hat ihren Tribut gefordert. Wenn ihm die trübsinnige Musik guttut – ich will nicht diejenige sein, die sie ihm verbietet.«

Am Nachmittag des fünften Tages, es war ein Mittwoch, hörte Sherlock in seinem Zimmer Charity rufen: »Mama! Mama! Die Turnbulls! Der Oberst und seine Frau, sie kommen hierher zu Besuch!«

Die Violine unterm Kinn und den Bogen in der Hand, trat Sherlock ans Fenster und schaute hinaus. Tatsächlich, da stand die gelbbraune Kutsche. Der Oberst und seine Frau stiegen gerade aus. Die melancholischen Geigenklänge wichen einem munteren Tanzlied. Die Turnbulls kamen, wie sie sagten, um sich von den Holmes' zu verabschieden. Sie müßten zurück nach Indien, »zurück zu ihren Pflichten«. Und sie brachten sogar Geschenke. Es dauerte nicht lang, da hörte man Tante Rachel von der Schönheit ihres Kaschmirschals schwärmen. Charity quiekte vor Freude über ein teures, ledergebundenes Tagebuch, in dessen mit einer roten Rose verzierten Deckel ihr Name eingeprägt war. Onkel Gideon murmelte entzückt unverständliche Worte und schaufelte indisches Konfekt in den Mund.

Mitten in all dem Jubel und Trubel nahm der Oberst Sherlock beiseite und überreichte ihm ein Kästchen in der Form eines Violinkastens.

»Für Sie«, sagte er.

»Kann man es gefahrlos aufmachen?« fragte Sherlock mißtrauisch.

»Ganz bestimmt«, beruhigte ihn der Oberst.

Sehr behutsam öffnete Sherlock das Kästchen. Darin lag eine wunderschön gebundene Ausgabe von Samuel Smiles' »Wie man sich selbst hilft«. Zwischen den Seiten stak eine Nachricht: »Das war nicht das letzte Mal, daß Sie von Moran und Moriarty gehört haben.« Die Unterschrift lautete: »Sebastian Moran.«

»Es war also Jaspers Bruder«, sagte Sherlock, »der Sie rausgeholt hat! Sie sind sicher auf dem Weg zurück nach Indien?«

»Wir brechen alle zusammen heute abend auf«, sagte der Oberst.

»Dann übermitteln Sie ihnen doch bitte meinen Dank für das Buch«, bat Sherlock.

Schließlich sang Charity ein unsägliches Abschiedslied. Es hieß »Der Schwalbe letzter Gruß« und handelte vom Sommer, der geht, und vom Winter, der kommt, von Eis und Schnee und von Vögeln, die in Schwärmen nach Süden ziehen, weit übers Meer. Es sah aus, als wolle sie überhaupt nicht mehr aufhören. Doch dann beendete zum Glück Mrs. Cunliffes Eintritt den Vortrag. Sie wandte sich an Tante Rachel: »Entschuldigen Sie, gnädige Frau, aber erwarten Sie Mr. Jasper? Ich habe ihn gerade draußen gesehen.«

Der Oberst erhob sich sofort und sagte: »Ja, wir müssen nun gehen.«

Charity, die Jasper unbedingt wiedersehen wollte, erbot sich, den Obersten noch bis zur Kutsche zu bringen. Er verabschiedete sich und ging mit Charity hinaus. Die arme Mrs. Turnbull sah sich von Onkel Gideon zurückgehalten. Er umklammerte ihre Hand und nuschelte: »Verehrteste, Verehrteste, Pendarghs Gesellschaft erleidet mit Ihrem Weggang einen schmerzlichen Verlust.«

Da blitzte draußen ein grelles Licht auf, gefolgt von einer Explosion. Das Haus wackelte, Bilder fielen von der Wand, ein Fenster barst, und von der Decke löste sich ein großer Placken Gips. Dazu hörte man ein entsetzliches Kreischen.

Sherlock war mit einem Satz am Fenster und spähte hinaus. Der Rauch verzog sich gerade. »Mein Gott!« rief er. »Die Kutsche des Obersten! Man hat sie in die Luft gesprengt!«

Dann taumelte eine schreiende Charity ins Zimmer. Ihre Kleider waren zerfetzt, das Haar war versengt und das Gesicht schwarz. Sie schluchzte heftig. »Mama! Mama!« jammerte sie.
Tante Rachel warf nur einen Blick auf ihren solchermaßen zugerichteten Liebling und fiel ihn Ohnmacht.

Das Pfauenauge

Sherlock lief nach dem Doktor. Der Oberst lebte noch. Innerhalb weniger Minuten erschien auch Sergeant Grimshaw auf dem Schauplatz. Er war gerade bei einer neuen Köchin ein paar Häuser weiter zu Besuch gewesen und hatte die Explosion mitbekommen. Er erklärte das Ganze sofort für einen typischen Anschlag von Anarchisten zur Beseitigung des englischen Landadels. Die Drahtzieher, so sagte er, säßen in Bosnien. Damals, im Jahre 1871, war der Anarchismus in aller Munde, und wer es nicht besser wußte, ließ sich gern belehren.

In der Küche machte Mrs. Cunliffe Unmengen Wasser heiß und brühte Unmengen Tee auf. Im Obergeschoß plärrte Charity, bis man ihr ein Beruhigungsmittel gab. Tante Rachel war wieder aus ihrer Ohnmacht erwacht. Sie jammerte über die Schlechtigkeit der Welt, um die es zu ihrer Jugendzeit viel besser bestellt gewesen sei. Gideon lief treppauf und treppab, ins Haus und wieder hinaus, versuchte alle aufzuheitern, war aber nur jedermann im Wege.

Mrs. Turnbull hatte einen schweren Schock erlitten. Lange saß sie im Zimmer, ohne ein Wort oder eine Bewegung. Schließlich sagte sie, immer noch ins Leere starrend, tonlos zu Rittmeister Cholmondely: »Armer alter Knacker. Das hätten se dem nich' antun dürfen, hab' ich recht?« Dann brach sie in eine Flut von Tränen aus. Das Schlimmste war vorüber.

Eine Stunde später hatte sie sich wieder gefaßt und bekundete die Absicht, als Kronzeugin aufzutreten. So begann Rittmeister Cholmondely, nachdem er Sherlock und John Whitney als Zeugen dazugebeten hatte, Bessie Brights Geständnis aufzunehmen.

Sie erzählte, daß eines Abends ein großer, gutgekleideter Mann von etwa vierzig – »der war 'n echter Gentleman« – ins Varieté gekommen sei und ihr ein Empfehlungsschreiben des Premierministers gegeben habe.

»Moriarty«, rief Sherlock.

»Nein! Gladstone, du Dummkopf«, fauchte Bessie Bright, die natürlich wußte, wer Premierminister war.

Ihr Besucher hatte sich nur als »der Professor« vorgestellt und ihr erzählt, zu seiner eigenen Sicherheit und um des Erfolgs seiner Mission willen sei es unbedingt nötig, daß er anonym bleibe. Für sie war er also immer nur der Professor. Als Rittmeister Cholmondely sie nach seinem Aussehen fragte, fiel ihr ein, daß er es bei den wenigen Gelegenheiten, da sie sich trafen, immer irgendwie so eingerichtet hatte, daß sein Gesicht im Dunkeln blieb. Sie konnte nicht sagen, wie er aussah. Gleich an dem auf ihr erstes Zusammentreffen folgenden Tag hatte Bessie Bright auf Einladung des Professors eine Wohnung in Carlton House Terrace aufgesucht, dem Hauptquartier des britischen Geheimdienstes. Dort hatte man sie ohne Umschweife in das Allerheiligste des Chefs geführt.

»Sicher der Professor?« riet Sherlock.

»Natürlich«, sagte Bessie Bright erstaunt, denn für sie war das sonnenklar.

Der Professor hatte ihr dann erzählt, daß er seit gut einer Woche täglich im Varieté gewesen war, nur um sich ihren Auftritt als Königin Victoria in dem patriotischen Monolog »Die Witwe von Schloß Windsor« anzusehen. »Er sagte mir, daß er noch nie wen gesehen hätte, der mehr Ähnlichkeit mit der Königin hat wie ich, und daß ich's in der Hand hätte, der Königin das Leben zu retten, wenn ich...«

»Ihr das Leben retten?« fragte Rittmeister Cholmondely ungläubig.

»Genau das, Süßer«, sagte sie spitz.

Sie beschrieb dann weiter, wie der Professor an ihren Patriotismus und ihr Pflichtgefühl appelliert hatte, wie man ihr eine staatliche Rente von fünfzig Pfund jährlich auf Lebenszeit versprochen hatte, und wie man sie schließlich dazu gebracht hatte, die Aufgabe zu übernehmen. Man hatte ihr gesagt, daß verständlicherweise nur wenige Personen aus dem Gefolge der Königin eingeweiht seien. Dann erzählte sie, wie man sie mit Oberst Turnbull, Jasper und Ranjeet zusammengebracht hatte, wie man auf die Idee kam, sie für Mrs. Turnbull auszugeben, und wie sie sich dann im Herrenhaus von Pendargh auf ihre Aufgabe vorbereitete. Schließlich berichtete sie von dem Plan, der Königin in Lancaster ein Betäubungsmittel zu verabreichen und sie in Preston »auszuwechseln«, so daß sie, Bessie Bright, später als Königin auf Schloß Windsor eintreffen sollte.

»Zwei Tage nach meinem Eintreffen«, fuhr sie fort, »sollte ich diesen indischen Prinzen empfangen, der...«

»Dhuleep Singh!« rief Sherlock.

»Woher wissense'n das?« Bessie war platt.

»Ach, nennen Sie es eine Eingebung«, antwortete Sherlock. »Ich weiß sogar noch mehr. Das ganze Unternehmen galt dem ›Pfauenauge‹.«

»Pfau?« sagte Bessie Bright, die nicht durchblickte. Ihr hatte man nämlich nichts vom Pfauenauge erzählt.

Sherlock sah Rittmeister Cholmondely fragend an. Dieser gab ihm mit einem Nicken die Erlaubnis, die Sache zu erklären, was er dann auch mit offensichtlichem Vergnügen tat.

»Die Sache ist so«, begann er. »Als vor etwa zwanzig Jahren Großbritannien den Punjab annektierte, wurde das Land von dem zwölfjährigen Dhuleep Singh regiert. Man ›überredete‹ ihn, den Kohinoor, Indiens kostbarsten Besitz, der Königin zu schenken. Der Kohinoor ist ein phantastisch schöner und unendlich wertvoller Diamant, der dem Pfau am alten Pfauenthron in Delhi als Auge eingesetzt war. Das Juwel gelangte dann über Dhuleeps Vater in seine Obhut; es hat für die Sikhs eine ganz besondere geschichtliche Bedeutung.«

»Ich verstehe«, sagte John Whitney. »Du meinst also, er wollte den Stein nach Indien zurückholen?«
»Damit ware er sicher sofort einverstanden«, erwiderte Sherlock. »Vermutlich hat seiner Meinung nach die Königin nicht mehr Recht auf den Kohinoor als er auf Schloß Windsor. Aber ich glaube nicht, daß er an der Verschwörung beteiligt war.«
Bessie Bright bestätigte das. »Er wollte das Ding nur noch einmal in der Hand halten und anschauen. Aber wenn er den Stein dann zurückgegeben hatte, sollte ich ihn mit einer Kopie vertauschen, hergestellt von Greasley.«
»Hab' ich dir nicht gesagt, John, daß der Mann ein Glasschneider ist? Von wegen Doktor!« rief Sherlock triumphierend.
»Vertauschen sollten Sie ihn?« fragte Cholmondely.
»Kleinigkeit für mich, Schätzchen«, fuhr Bessie Bright sehr stolz fort. »Mein Alter hätte es fertiggebracht, die Kronjuwelen verschwinden zu lassen. Er war der ›Große Marvello‹. Vierzehn Tauben in einem Ärmel und 'nen Papagei unterm Hut.«
Je mehr sie enthüllte, desto größer wurden Cholmondelys Augen.
»Sagen Sie mir nur noch eines«, warf er ein. »Wie wollten Sie mit dem Diamanten wieder aus dem Palast herauskommen, und was hatte man mit dem Edelstein vor?«
»Nichts einfacher als das«, erklärte Bessie Bright. »Ich brauchte bloß im Park spazieren zu gehen, wie's die Königin immer macht. Flottes Tempo. Dabei nur eine Hofdame, es muß natürlich 'ne ältere sein. Die kommt bald nicht mehr nach. Ich hau' ab. Der olle Turnbull nimmt mich in Empfang. Hat Ihre Majestät in der Kutsche von Preston hergebracht und unter 'nen Baum gesetzt. Sie kommt zu sich, fühlt sich 'n bißchen schwindlig und erinnert sich an fast gar nichts. Alles glaubt, die Krankheit hat sie nochmal erwischt, nich'?«
»Aber«, fragte Sherlock, »wieso sollte das Leben Ihrer Majestät gerettet werden, und wer wollte nun wirklich den Diamanten? Doch wohl sicher der Professor, oder nicht?«
»Frag doch deinen dämlichen Gladstone!« fauchte Bessie Bright.

Daraufhin konnten die drei Männer nicht mehr an sich halten und brachen in Lachstürme aus. Der Ausdruck beleidigter Unschuld auf Bessie Brights Gesicht, der allmählich dämmerte, daß Politik ein schmutziges Geschäft ist, feuerte sie nur noch weiter an.

Damit war alles vorbei. Die folgenden Wochen gehörten zu den schlimmsten in Sherlocks ganzem Leben, weil er in den täglichen Trott des kleinen Hauses in Pendargh gezwängt war. Doch er sollte noch eine Überraschung erleben. Sie kam wenige Tage vor Weihnachten, als er dringend ins Doktorhaus gebeten wurde und dort erfuhr, daß sie alle, Charlotte und John Whitney, George Sowerbutts, Rittmeister Cholmondely und sogar Newbugs, für Donnerstag, den 8. Februar 1872, nach Schloß Windsor eingeladen worden waren, wo ihnen die Königin persönlich danken wollte. Weihnachten kam und ging vorüber. Sherlock verbrachte die Tage im Zustand größter Spannung. Schließlich fand sich an einem kalten Februarmorgen eine recht zusammengewürfelte Gesellschaft auf Schloß Windsor ein. Ihre Majestät empfing sie freundlich und ließ eigens den Kohinoor bringen, damit sie ihn bestaunen konnten. Sie betonte, wie wichtig es sei, strengstes Stillschweigen über die Angelegenheit zu bewahren, denn es könne sonst zu einer antiindischen Stimmung im Land kommen. »Es muß so sein, als hätte alles gar nicht stattgefunden«, war ihr Befehl. Dann bedankte sie sich sehr herzlich und belohnte jeden in angemessener Weise. Rittmeister Cholmondely wurde zum Major befördert, John Whitney zum Medizinalrat bei Hofe ernannt. Der alte Sowerbutts erhielt einen Chronometer, der einst Wilhelm dem Seefahrer, dem Onkel der Königin, gehört hatte. Newbugs wurde entsprechend Sherlocks Vorschlag ein Posten auf dem Gut der Königin in Balmoral in Aussicht gestellt. Und Sherlock bekam eine mit einem wunderschönen Smaragd besetzte Krawattennadel. (Diese Nadel trug er auch bei seinem zweiten Besuch im Schloß Windsor, im November 1895. Das war das zweite Mal, daß sich die Königin bei ihm bedankte.

Diesmal ging es um die gestohlenen U-Boot-Pläne, die Sherlock Holmes wiederbeschafft hatte. Dr. Watson berichtet darüber in der Erzählung »Im Dienste Ihrer Majestät«*. Seine Bemerkung bezüglich der Krawattennadel ist insofern nicht ganz richtig, als sie Sherlock zwar tatsächlich als Geschenk von einer hochstehenden Dame erhalten hatte, aber schon beim ersten Besuch vor dreiundzwanzig Jahren, wobei er strengstes Stillschweigen geloben mußte und selbstverständlich einhielt!)

Für die Rückfahrt vom Bahnhof Preston nach Pendargh nahmen sie eine Mietdroschke, und wohl selten fuhr eine fröhlichere Gesellschaft auf dieser Landstraße dahin. Es sollte das letzte Mal sein, daß sie alle beisammen waren. Als das Frühjahr kam, zogen Sherlocks Freunde einer nach dem anderen fort.

Newbugs ging nach Balmoral. Vorher jagte er Tante Rachel noch einen tüchtigen Schrecken ein, als er kam, um Abschied zu nehmen, und statt an die Hintertür lieber an die Vordertür klopfte. Sherlock mußte ihn dann noch daran erinnern, daß er zum Wildhüter ausgebildet werden sollte, und daß er hierzu die Schlingen, die ihm aus der Hosentasche hingen, wohl kaum brauchen würde.

Wenig später zogen Charlotte und John Whitney nach London. Die beiden, der alte Sowerbutts und Sherlock trafen sich am Tag vorher noch einmal zum Picknick in der alten Holzfällerhütte. Doktor Sowerbutts hatte Sherlock eine antike Pistole geschenkt. Die ganze Runde wurde halbwegs taub, als er seine Treffsicherheit bewies, indem er die Buchstaben VR (Victoria Regina) in die Wand der Hütte schoß, in der Natty Dan gestorben war. »Zur Erinnerung«, sagte er traurig. Keiner wußte darauf so recht etwas zu sagen.

Später zog Sherlock die Pfeife, die er sich auf der Fahrt nach Windsor gekauft hatte, aus der Tasche, stopfte sie sorgfältig aus einem brandneuen ledernen Tabaksbeutel und zündete sie an. Schnell

---

* Enthalten im Band »Sherlock Holmes/Sein erster Fall«, Franckh Verlag, Stuttgart.

füllte beißender Rauch die Hütte, allen tränten die Augen, und Sherlock hustete heftig zwischen den einzelnen Zügen.

Es war kein sehr freudvoller Nachmittag. Am nächsten Morgen waren Charlotte und John Whitney fort. Eine Woche später kam der betrübliche Abschied von Mrs. Cunliffe. Sie verließ Tante Rachel, weil sie heiratete. Angesichts des bevorstehenden Weggangs der treuen und ungemein tüchtigen Haushälterin herrschte an diesem letzten Aprilsamstag in dem kleinen Haus einige Aufregung. Kurz bevor die Kutsche kam, schaffte es Mrs. Cunliffe, ein paar Minuten mit Sherlock allein zu sein.

»Sie wissen doch, Sie brauchen bloß zu sagen ›Gehen Sie nicht‹«, meinte sie, »und ich bleibe.«

»Mrs. Cunliffe«, antwortete Sherlock. »Ich habe Ihrem Tom eingebleut, keinen solchen Unsinn mehr zu dulden und Sie ohne weitere Umschweife zu heiraten.«

»Sherlock, Sie sind uns in London immer willkommen«, sagte sie, »das wissen Sie doch?«

»Aber ja, Mrs. Cunliffe, das heißt Mrs. Hudson. Ich sollte mich doch allmählich daran gewöhnen, Sie mit Ihrem neuen Namen anzureden. Wie ist denn Ihre Adresse?«

»Baker Street 221, Sir«, sagte sie.

»Ich werde Sie ganz bestimmt einmal besuchen.«

»Das hoffe ich sehr, Sir. Leben Sie wohl!« Sie umarmte Sherlock, und ihre Augen füllten sich mit Tränen.

Es dauerte dann doch etliche Jahre, bis sich die beiden, nachdem Mrs. Hudson zum zweiten Mal Witwe geworden war, wieder begegneten und Sherlock von ihr den Teil des Hauses in der Baker Street mietete, der die Nummer 221B trug.

Sherlock Holmes

Ihm entgeht nichts. Der größte aller Detektive erkennt in den kleinsten Indizien den roten Faden, der zum Täter führt.

Wunschzettel Am besten gleich ankreuzen, was Dir noch fehlt!

- ☐ **Sherlock Holmes Sein erster Fall**
- ☐ **Sherlock Holmes Das gelbe Gesicht**
- ☐ **Sherlock Holmes Das Heilige Schwert**
- ☐ **Sherlock Holmes Das Tal der Angst**
- ☐ **Sherlock Holmes Das Zeichen der Vier**
- ☐ **Sherlock Holmes Der Goldene Vogel**
- ☐ **Sherlock Holmes Der Hund von Baskerville**
- ☐ **Sherlock Holmes Der Vampir**
- ☐ **Sherlock Holmes Die Teufelskralle**
- ☐ **Sherlock Holmes Späte Rache**
- ☐ **Sherlock Holmes Spuren im Moor**

Den/die angekreuzten Titel wünsche ich mir

☐ zum Geburtstag ☐ zu Ostern
☐ zum Namenstag ☐ ____________
☐ zu Weihnachten

____

(bitte Name und Anschrift eintragen)

FRANCKH
KOSMOS
Verlagsgruppe

In jeder Fach/Buchhandlung!

In den Staaten ein Riesenhit!

Spiel-Spannung für Leute mit Spürsinn:

Sherlock Holmes Criminal-Cabinet

Ideal für alle Krimi- und Spiele-Fans, die sich mit dem größten Detektiv aller Zeiten messen wollen!
Warum wurden die beiden Löwen im Hyde Park umgebracht? – Wer ist für den Verlust der Gemälde in der National Gallery verantwortlich? – Wer ermordete Oswald Mason und warum?
Möchtest Du gern an der Seite von Sherlock Holmes durch die Sträßen von London streifen – auf der Suche nach Professor Moriarty? Möchtest Du in den Docks nach der Riesenratte von Sumatra fahnden oder die Bakerstreet im Nebel entlang gehen und plötzlich Sherlock Holmes rufen hören: „Kommen Sie, Watson, kommen Sie! Es geht los!"?
Mit diesem spannenden, reizvollen Spiel kannst Du solche rätselhaften und erregenden Ereignisse im London des Sherlock Holmes selbst erleben!
Du wirst über ein Verbrechen unterrichtet, das Du aufklären sollst. Du selbst entscheidest dabei, welchen Spuren Du nachgehst und im London des 19. Jahrhunderts verfolgst. Dabei verhörst Du Verdächtige, durchstöberst das Zeitungsarchiv nach Hinweisen, suchst Orte auf, die mit dem Fall in Beziehung stehen, sammelst dort Informationen und fügst so Beweis an Beweis, bis die Lösung des Falls gefunden ist. Ein Spiel, das Deinen Einfallsreichtum und Spürsinn herausfordert; bei dem Du Deine Findigkeit mit derjenigen Deiner Mitspieler und der des Meisterdetektivs selbst messen kannst und – das riesigen Spaß macht!

Sofort spielbar – ohne komplizierte Regeln!

Für Sherlock Holmes- und Krimi-Fans, Denksport- und Rätselfreunde und alle, die Spaß an Gesellschaftsspielen haben – ab 12 Jahren! Für einen bis sechs Spieler.
Bestell-Nr. 3-440-05446-2
Im Spielwaren- und Hobby-Fachhandel und in den Fachabteilungen der Warenhäuser und in Ihrer Fach/Buchhandlung erhältlich!

FRANCKH
KOSMOS
Verlagsgruppe